文春文庫

ネコの住所録

群ようこ

目次

ネコの住所録

二重猫格

　私は引っ越しをすると必ず、近所で飼われている猫をチェックすることにしている。アパートでは動物を飼うことを禁じられているため、よそのうちの猫と親交を深めようという魂胆《こんたん》なのだ。幸いまわりは古くからの住宅地でちゃんと庭もある家が多く、猫を捜すのには全く苦労しない。ちょっと歩けば必ずうろうろしている猫の五、六匹に会える。自らすすんで通りをいく人々に声をかけている猫がいるかと思うと、おびえてすぐ生け垣の中に隠れてしまうのもいる。逃げたと思って通りすぎようとするものの、何となく視線を感じるので、ふりかえってみると、さきほどの猫が上目づかいにして、私のことを、じーっと見ていたりする。そのほか、家の内で飼われているために、外の景色に慣れていない、アメリカン・ショートヘアなどが、呆然と道にへたりこんでいることもあるのだ。そして最近では、おなじみさんになった猫も何匹かできたのである。

あるとき、散歩をしていたら十メートルほど離れた日だまりに、緑色の首輪をした茶色いオス猫が突っ伏していた。前足も後ろ足もビローンと伸びきっている。

「車に轢《ひ》かれちゃったのかしら」

と、じっと見ているとかすかに息をしている気配もある。

「もしかしたら轢き逃げされて、瀕死《ひんし》の状態なのかもしれない。それだったら獣医さんに連れていかなきゃまずいだろうし……どうしよう」

おそるおそる近づいていっても、相変わらずベタッと地べたにはりついたままだ。だけど間違いなく息はしている。こりゃあえらいことだと猫を抱きかかえようとしたとたん、道端の古い木造家屋からよたよたとおじいさんが出てきた。そして困り半分、嬉しさ半分といった感じで笑いながら、

「ゴンちゃん、またそんなことしてるの。みんながびっくりするから早く家の中に入りなさい」

と猫に声をかけた。するといままで瀕死の体《てい》だったはずのゴンちゃんは、

「ニャー」

と返事をしたかと思うと、むっくり起き上がって平然と家の中に入っていってしまったのである。

「あの子はねえ、いつもああいうことをしてるんですよ。歩いてる人がみんな死んでるんじゃないかとびっくりしちゃってね。何でかわからないんだけど、道路にはいつくばるのが好きなんだよ」

おじいさんはとっても嬉しそうにいった。もしかしたらゴンちゃんは内心、

（へへへ、また一人だまくらかしてやった）

と、ほくそえんでいるのかもしれない。それから私は何度もゴンちゃんが道路に突っ伏しているのを見た。私は事情を知っているから、ぷっと笑いながら見ているけれど、子供を前と後ろに乗せてのんびり自転車をこいでいるおかあさんなどは、

「キャー、猫が死んでるぅ」

といいながら、倒れ伏すゴンちゃんの横をすさまじい勢いで疾走していったりする。女子学生が、

「生きてるのかしら、死んでるのかしら」

といいながら遠巻きにしているのに、ゴンちゃんは微動だにしない。彼らが去ってから、

「またやってるの」

と、ゴンちゃんに声をかけると、彼はそのままの体勢で、

「ニャー」

と返事をする。ただただ道路上の轢死体《れきしたい》と化すことに執念を燃やしているのである。

もう一匹のおなじみさんもオスである。これは私が勝手に「ブタ夫」と名づけた。体も顔もコロコロとしていて、見るからにふてぶてしいグレーと黒のキジトラである。この猫は私が声をかけるより先に寄ってきた。寄ってきたといってもゴロゴロと甘えてきたのではなく、引っ越し当日に、

「何だ、こいつは」

というふうに、一メートル離れたところからじっと見ていたのだ。いままでの経験からいうと、

「やあ」

と挨拶《あいさつ》すると、興味を示した猫は何か声を発するか、尻尾を動かすものなのだが、彼は無表情のままで私の顔を見上げている。
「あんた、どこの猫？」
そういっても、ふんと横を向いて首筋を掻《か》いたりしていた。最初の出会いのとき
は何のコミュニケーションも持てなかったが、それからほとんど毎日彼と会うので、
とりあえず名前くらいはつけようと、その風体《ふうてい》から「ブタ夫」と命名したのである。
ブタ夫は向かいの大きな家で飼われていた。立派な門のなかの陽の当る場所に、
みかん箱のベッドを置いてもらい、大股を開いて箱の中でドデーッと寝ている。た
まに口が半開きになっていることもある。飼い猫特有の無防備さである。
「おい、ブタ夫」
小さい声で呼ぶと、耳だけがピクッと動く。
「そんな格好で寝てると襲われるぞ」
そういうと後ろ足をピクピク動かしたりする。だけど絶対起きない。電車の中で
背広をきちんと着たおじさんがよだれをたらして寝ていることがあるが、それとよ
く似た光景である。私がしつこく声をかけるので、少しは興味をもったのか、それ

からブタ夫は私が彼に気がつかないと、自分の方から声をかけるようになった。それが地の底から湧いてくるような、

「ブニャー」

という押しつぶした憎たらしい声である。それも門柱に寄りかかってパンダ座りをしながらである。まるで、

「おい、おまえ、元気かよお」といわれているようなのだ。

「何だ、ブタ夫」

というと、彼はもういちど、「ブニャー」という。いつもただそれだけだ。足もとに来て愛想をふりまくわけでもなし逃げるわけでもなし、ちょっとかまってやるかという雰囲気なのである。

猫をかまっていると彼が人の家で飼われていることをついつい忘れてしまう。ブタ夫、ブタ夫と私が話しかけていたら、突然、窓が開いた。そして品のいい老婦人が顔をだし、

「どうしたの、チャーリー」

などとのたまった。

（こいつ、チャーリーなんていうハイカラな名前だったのか）

ブタ夫ことチャーリーは、飼い主が顔を見せるや、どこをどうすればでるのかと思うくらいの可愛い声で、

「ニャーン」

と鳴いて、尻尾を振りながら家の中に入っていった。幸い老婦人は私には気がつかなかったようで、私は中腰になってそそくさと帰ってきた。いくら彼がチャーリーでも、私にとってはブタ夫である。しかしいくら私のことを「ブニャー」と呼んでかまってくれても、御飯をくれる飼い主とはしっかり差をつけているのを知ったとき、私はちょっぴり淋しくなってくるのである。

「ピーコちゃん、はあい」

ずいぶん前に、猿まわしの猿に芸をしこんでいる現場をテレビで見たことがある。いつも「反省する猿」をつれて、いろいろな芸を見せてくれるお兄さんが、若い猿に芸を教えているところだったが、そのあまりのすさまじさにびっくりした。いうことをきかない猿を本気で叱《しか》り、ときには叩いたり、猿の首根っこにかみついたりする姿は、まるで巨人の星をめざす、星一徹と、飛雄馬《ひゅうま》みたいだった。お兄さんの顔はまるでオニのようだし、猿も歯をむいてくってかかるし、まるで喧嘩《けんか》なのである。

「あんなにしてまで芸をしこむのか」

人間だったらば、芸を教えるのに、叩いたりしても、教えてもらうほうも芸を覚

えたいから、納得せざるをえない。自分ができないために叱られる。だけど猿は違う。自らすすんで、

「芸を覚えたい」

と弟子入りしたわけではない。だから猿にとっては、もしかしたら単に苦痛なだけのことなのではないかという気がしたのである。

しかし練習の時間が終わると、二人というか一人と一匹は仲良くお風呂に入る。そのときに彼も猿もいい顔をしていたので、少しホッとした。猿まわしを見るたびに、

「何てかわいいんだろう」

と喜んでいた私は、芸の陰にあるお兄さんや猿の苦労を思うと、複雑な気持ちになったのである。

世の中には猿まわしの猿のようにプロの芸をする動物だけでなく、一般家庭で飼われているアマチュアの動物でも芸をするのがたくさんいる。なかでもいちばん驚いたのがインコが昔話をしたり、歌を歌ったりすることだった。私はテレビで「かさじぞう」と「桃太郎」を話すのを聞いたが、話の最初から最後まで、

「むかし、むかしあるところに……」

と、まるで呪文をとなえるかのように延々とお話する。しかしお話のなかには不得意な部分もあるらしく、「桃太郎」のときには、

「桃がどんぶらこっこと流れてきました」

というところでつっかえてしまった。何度も、

「どんぶら、どんぶら、どんぶら……」

を繰り返した。何とかここをのりきらねばとインコもふんばるのか、「どんぶら」というたびに体を前に倒して調子をとっている。そのとき画面には、

「ピーちゃんは『どんぶら』が苦手」

などとスーパーまで流れた。やっと、

「どんぶらこっこと流れてきました」

が口から出てくると、そのインコは、

「ギャギャギャギャッ」

と喜びの声をあげてばたばたとはばたきをした。本人もホッとしたのだろうと思う。歌は「鉄腕アトム」だった。音程もはずさずちゃんとリズミカルに歌う姿は、

カセット・テープ内蔵の、よくできたインコのぬいぐるみとしか思えなかったのである。

しかしそういう芸をする動物を見るたびに思いだす出来事がある。うちで飼っていたインコのピーコちゃんも人が喋《しゃべ》ることにとても興味を示した。ヒナのときはオバQみたいな体型でボーッとしていたが、だんだん成長するうちに人の肩にとまっていると、ずっと口もとを眺めているようになった。意地悪をして黙ってみると、まるで催促するみたいに唇を軽くつっつく、そしてピーコちゃんにむかって話しかけてやると、ぶつぶつぶつぶつ口のなかで何ごとかいうようになったのである。

「そんなにことばが覚えたいんだったら教えてあげよう」

そういって母親は、ピーコちゃんと呼んだら、「はあい」と答えるようにしようと、調教係をかってでたのである。それから毎日毎日、

「ピーコちゃん」「はあい」

の特訓が始まった。ピーコちゃんが途中で飽きてしまって、リタイアするのではないかと予想していたのだが、途中で飽きたのは母のほうだった。ピーコちゃんのほうは根性がはいっていて、母親がへとへとになって、

「もうやめよう」

といっても納得しない。一、二時間ぶっとおしで、

「ピーコちゃん」「はあい」

をやるのだから、教えているほうもそばでそれを聞かされている私も頭が痛くなった。でも学習意欲に燃えているピーコちゃんは、やめようとしない。

「ああ、頭がくらくらしてきたわ」

という母親の肩の上で、ピョンピョンはねながら催促をする。それでも黙っているとむりやりくちばしを母親の口のなかにねじこもうとする始末だった。

二か月後、めでたくピーコちゃんは喋れるようになったが、最初の狙《ねら》いとは少し違ってしまった。本当は、

「ピーコちゃん」

という呼びかけに、

「はあい」

と返事をするはずだったのが、そのへんがインコの悲しさで、

「ピーコちゃん、はあい」

と全部をそのまま脳味噌にインプットしてしまったのである。私たちは、「ピーコちゃん、はあい」を朝から晩まで、吐き気がするほど聞かされ続けた。あんなに小さな鳥でもちゃんと喋れるようになるとうれしいのか、「ピーコちゃん、はあい」というたんびに、羽をばたばたさせて喜んでいた。それからもピーコちゃんの学習意欲は衰えず、次には、「ピーコちゃん、おはよう」を一か月でマスターした。そしてあまりに喋るのがうるさいので、私がよくいらついていい放った、「ピーコちゃん、うるさい」まで覚えて、「ピーコちゃん、おはよう」の合間に喋って、変化をつけていた。

友だちが遊びにくると、ピーコちゃんが喋ってくれるおかげで、私は鼻が高かった。みんな、

「すごいわねえ」

とか、

「頭がいいのねえ」

といってびっくりして帰っていったからである。それからもピーコちゃんは新しいことばを覚えようと必死になっていた。あるとき母親が台所で料理をつくってい

ると、ことばを教えてもらおうと飛んでいった。

「あぶないからあっちにいっていなさい」

と母親にいわれたのに、あやまって煮たった鍋のなかにおっこちて死んでしまった。享年三歳であった。私たちは、

「こんなことなら、ことばなんか覚えなくてもよかった。ピーコちゃんにもっと長生きしてほしかった」

と亡骸《なきがら》を前に涙したのだ。

それ以来、家で飼う動物には芸をしこんでいない。気合をいれて芸を覚えたぶんだけ、寿命を縮めてしまうような気がするからだ。その後、飼った動物たちは愛想がいいのと御飯をたらふく食べるしか能がなかったが、おかげさまでみんな長生きをした。飼い主としてはやはりそれがいちばんうれしいことだと思っている。

うずまき猫の行方

飼っていた動物が忽然《こつぜん》と姿を消してしまうのはとても悲しいことである。去年の夏のことだったが、町内のいたるところに一夜にしてすごい枚数の張り紙が出現したことがあった。電信柱、塀、銭湯やスーパーマーケット、コンビニエンス・ストアの入り口にまで、人が集まると思われる場所全部にその紙は貼られていた。いったいなんだろうとそばに寄ってみると、それは、

「うちのチビちゃんをさがしてください」

という、失踪《しっそう》した猫捜しの紙だった。週刊誌を開いたくらいの大きさの紙には、子供の手による、お腹の部分に大きなうずまき模様があるチビちゃんの似顔絵が描いてあった。そして絵の下には、

「おなかのところの、うずまきもようがとくちょうです」

と添え書きがしてあった。連絡先などとともに、

「みつけてくださったかたには、おれいをします！」

と書いてあるところが泣かせる。きっと散歩かなんかにいっているのだろうと思っていたチビちゃんが、いつまでたっても帰ってこないので、飼い主一家が真っ青になって町内に張り紙をしたに違いない。子供が半泣きになりながら一所懸命チビちゃんの似顔絵を描いたのかと思うと、自分には関係ないことながら、

「無事に帰ってくればいいのに」

と何となく気になっていたのだ。

それから一か月のあいだ、この「うずまき猫」のことが、あちらこちらで話題になっていた。顔見知りの毛糸屋さんは、

「うずまき猫の張り紙見た？　あれだけ特徴があればすぐわかりそうなのにね」

といい、魚屋のおばさんは、

「あたしも気をつけてるんだけどねえ。似てるのはよく見るけど、お腹にうずまきがないんだよ」

と悔しそうにいった。なかには、

「ねえ、ねえ、御礼っていったいなんだろうね」

などとうずまき猫の行方を心配するより、何がもらえるかを楽しみにしている不謹慎な人もいた。人それぞれであったが、とりあえずあの張り紙は町内の人々に

「うずまき猫のチビがいなくなった」という事実を知らしめるのには成功したのである。

猫を飼っていると、いつも行方不明の恐怖と背中合わせである。私の家でもトラ

というメス猫が一日でも帰ってこないと、何かあったんじゃないかと気を揉《も》んだも

のだ。「大丈夫」と信じながらも「もしや……」という不吉な思いも捨て切れない。

寝る気にもなれずに悶々《もんもん》としているところへ、

「フニャー」

と、間抜けた声で鳴きながら帰ってくると、

「ああ、よかった」

と心底ホッとする。しかしそのあとだんだん腹が立って、張り倒したくなってく

るのだ。連絡もなく外泊するというふしだらが許せない質《たち》の母親はそのたびに激怒

し、トラを目の前にきちんとお座りさせて、

「どこをほっつき歩いていたの！　みんなが心配したのよ。そんな子は許しませんよ」

とお説教した。ちゃんと帰ると思って、私たちが御飯を作ってあげているのだから、その苦労を考えろ。それに夜遅くまで、ほっつき歩いていると、猫さらいにさらわれて三味線にされちゃうんだからと、トラがびっくりするようなことばを並べたてた。それにトラはじっとうつむいて耐えていたのだ。

「何かいいたいことがあったら、いってみなさい！」

トラは上目遣いにして小さなかすれ声で、

「ミャー」

と鳴いた。

「まあまあ、トラにはトラの理由があるんだから」

と、私と弟がとりなして、一件落着するのだが自分でそういったのにもかかわらず、猫がいなくなる理由は、私には当然わからなかったわけである。

それから七、八年たって、トラも歳をとって、寝てばかりいるようになった。そ

れなのにまた姿を消した。母親はそのときは怒らず、

「猫は飼い主に自分の死ぬ姿を見せないから、きっと死ぬ場所を捜しにいったのよ」

といった。二日後にトラは夜中に帰ってきたが、きちんとお座りしたまま、じーっとしていた。私たちが水を飲ませてやりながら、

「トラちゃん、元気でね」

などというのを聞いていたが、十分程してすっと立ち上がるとどこかに行ってしまった。それ以来、家には戻ってくることはなかったのだった。

友だちの飼い猫のなかにも、まだ寿命ではないはずなのに行方不明になったまま、いつまでたっても帰ってこないのがたくさんいる。知り合いの男性は、三日間帰ってこない猫を、

「長介、長介」

と名を呼びながら町内を捜しまわった。それを見て最初は、

「長介だって。変なの」

と笑って見ていた小学生も、しまいには、

「僕たちも捜してあげる」

といって、一緒に公園や野原に行って「長介」と連呼してくれた。しかし長介は八年たった今でも戻っていないのだ。

「いったい猫はどこに行くんでしょうね」

と、ある女性にこの話をしたことがある。すると彼女は、子供の頃にお婆さんから、

「忽然と姿を消した猫は、みんな木曾の御岳に登って修行をしている」

という話を聞いたといった。日常の行い、立居振舞いに関して「自分は未熟だ」と反省した猫は、悟りをひらくまで御岳を下りないのだそうである。

「だからあなたの家の猫も、お友だちの猫も死んだのじゃないわよ」

と慰めてくれたのだが、きっと昔の人はかわいがっていた猫がいなくなったとき、そういういい伝えを信じて、ショックに耐えていたのだろうと思う。

うちのトラは未だに家に帰って来ないから、まだまだ修行に励んでいるようだが、例のうずまき猫は修行を終えて、二か月後、帰ってきた。そのとき捜索願いが貼られたところと同じ場所に、

「うちのチビがもどりました。ありがとうございました」

という張り紙が貼られ、町内の人々はまたしばらくの間、「うずまき猫無事帰宅」の話題に花を咲かせたのである。

犬にみる民族性

道端を歩いている犬を見ると、何となく飼い主の性格がわかるような気がする。目が合うと尻尾をちぎれんばかりに振って愛想をふりまく者。恥ずかしそうに目をそらしながらも、遠慮がちに尻尾を振る者。ツンと横を向いてしまう者。キョトンとして顔を見上げている者などさまざまである。脱糞《だっぷん》も周囲の目を気にしつつ電信柱の陰でこっそりする者。飼い主が地べたに新聞紙を敷くのを、まだかまだかというふうにクンクン鳴きながら腰を揺する者。道路のど真ん中で立ち止まっていると思ったら、突然ぼたっと落とし物をしていく大胆な者もいてなかなか面白い。

今まで海外旅行は三か所しか行ったことがないので、そのとぼしい経験からしかいえないのだが、国によって犬や猫の態度がずいぶん違っていた。まだ犬を食する

習慣のある某国に旅行した友人の話によると、道路をとぼとぼ歩いている犬が、どことなく、

「人間なんか絶対に信じてないもんね」

と疑り深い暗い目つきをしていたという。市場など人が集まっているような場所には絶対に来ない。目が合うと、やせた体をビクッとふるわせて、木や建物の陰に隠れて様子をうかがっている。こちらがにこにこして近寄っていっても、尻尾を股《こ》間《かん》に巻き込んで、そそくさと姿を消してしまうそうなのである。きっと友だちのジョンやリッキーが、にこにこした人間につかまったまま、帰ってこないことをしっかり覚えているのだろう。

私はまだそういう習慣のある国に旅行したことがないため、そのような暗い目つきの犬には会ったことがない。みんなそれなりに今の状況に満足しているように見えた。特にアメリカの犬は体は大きいが、とても人なつっこかった。声をかけてやるとうれしそうに私のまわりをぐるぐる回って愛想をふりまく。頭を撫《な》でてやるととても喜んで、お返しにローストビーフみたいな舌でべろんべろんと顔をなめまわしてくる。人見知りをしないし公園のベンチで座っていると、尻尾を振りながら、

「こんちは」

と自発的に挨拶をしにきたりするのだ。私は英語がうまく話せないので、日本語で話しかけても、それなりに反応する。

「よしよし、いい子だねえ」

といいながら、体をさすってやると、これ以上の喜びはない、といった様子で腰を振っていた。日本語で「お座り」といっても全く通じなかったが、犬のほうが、

「こいつの英語はわからないけど、きっとこういいたいんだろう」

と気をつかってくれたような気さえしたのだった。

その正反対に無愛想の極みだったのがパリの犬である。黒い毛皮を着ているマダムは黒いプードルを、白い毛皮を着ているマダムは白いプードルを従えているのが、一種異様な雰囲気であった。日本でもプードルをつれている人がいるが、どことなく本場のは顔つきが違う。可愛気のただよっている日本育ちとは違って、パリ暮しという自信があるのかいつも顎《あご》を上げてすまして歩いているのだ。かまおうとしても、そっぽをむいていてとっても冷たい。チャウチャウもでぶでぶした体ですまして歩いているし、ボルゾイに至ってはあの長い顔でモップのような体毛を風にな

びかせて気取っていた。

「あんたたちは日本にいたら、そんなに気取っていないはずだけどね」

といっても、完全に無視された。彼らには、

「フランス人の御主人様以外には愛想をふりまきません」

という確固たる主張がありそうだった。が、彼らがすましている背後から蹴《け》っとばしてやりたい気分になったのも事実である。

スペインの人はとても人なつっこかったが、異常なくらいすり寄ってきたのもやはりスペインの犬である。散歩をしていると、むこうから首輪をした一匹の白と黒のぶち犬が歩いてきたので、

「こっちにおいで」

と手招きしてみた。すると犬ははたと立ち止まり、不思議そうな顔をして首をかしげてこちらを見ている。しゃがんで、

「おいで、おいで」

と呼んでみると、事情を悟った犬はものすごい勢いで私のところに走ってきた。目の前でちぎれんばかりに尻尾をふりながら、

「クーン、クーン」
と鼻をならしていたかと思うと、突然、ばねじかけのおもちゃみたいに、ピョン、ピョンとその場跳びをはじめてしまった。あまりの喜びようにこちらのほうが驚き、この興奮を鎮めるにはどうしたらいいかしらと心配になったくらいだ。頭を撫でてやるとグフグフいいながら体を擦り寄せてくる。ふと気がついたらその犬の飼い主の親子がそばにいて、指さしながら笑っていた。

その町の人々が集う公園ではシェパードが鎖を解かれて走り回っていた。いくら犬が好きだといっても、さすがに繋《つな》がれていない大きなシェパードが寄ってくるとちょっとビビった。しかし図体は大きくてもやっぱり犬は犬だった。彼は友好のしるしとして尻尾を振って私を見上げ、そして、すっくと立ち上がった。ひえーっと後退りしたとたん、私は彼の前足でがしっと抱き締められ、ペロペロと耳や顔や首筋をなめられてしまったのである。身長百五十センチそこそこの東洋人の女と、大きなシェパードが公園でひしと抱き合っている姿は相当に面白い光景だったらしく、周りの人々はみんなゲラゲラ笑っている。

「いったい飼い主は誰なのかしら」

きょろきょろ見渡してみると、ハンサムな若い男性が、少し離れて鎖を持って立っていた。

「これがきっかけになって、恋の花が咲くことがあるかもしれない」

と期待して犬と抱き合っていたら、今度はシェパードはあおむけに寝ころんで、「服従します」という意思を表明し、まるでマグロのように地べたに寝たまま、前足をかわいくちぢめて私にお腹さすりを求めたのだった。それを見た飼い主はふふと笑いながらこちらにむかって歩いてきた。

「きっとお茶へのお誘いくらいあるわ」

しかし彼は地面に寝っころがっている犬を叩き起こし、鎖につないで、

「じゃあね」

というように私に軽く手をあげて帰っていってしまった。犬の私に対する執心ぶりとは違って、飼い主のほうは私に全く興味がなかったようだった。

海外旅行で現地の男性とアバンチュールを楽しむ女性は数多くいるだろうが、世の中広しといえどもスペインまで行って、犬に抱き締められて耳までなめられた女は私くらいのものだろう。外国を知るにはまず手初めとして、その国の女性と寝て

みるといいという男性がよくいる。私の場合その窓口は犬である。旅行から帰ってくるたびに、

「次は犬ではなくて、絶対に地元の男性と友好を深めよう」

と心に決めるのだが、残念ながらここ十五年間は、期待は大ハズレで、各国の犬にペロペロされるだけで終わっているのである。

変わり者ハッちゃん

今から八年ほど前のことになるが、当時私は小さな出版社に勤めていた。社長と編集長と社員兼雑用係の私の三人だけ。たまにアルバイトの学生さんが授業が終わったら手伝いに来てくれるという超零細企業だった。社長、編集長とも外での仕事が多く、私は一日のほとんどを一人で過ごしていたのである。

梅雨どきの蒸し暑い日、窓を開けて仕事をしていると、ブーンと音をたてて一匹のハチがやってきた。よくハチが飛んでいるだけでキャーキャー騒ぎたてる女の人がいるが、あいにく私はそのようなタイプではないので、知らん振りして電卓を叩きながら帳簿とにらめっこしていたのだった。

ハチのほうはブンブンと部屋の中を物色していたが、一時間ほどして何も自分の得になるものがないと悟ったのか、またブンブンいいながら去っていった。そのころ会社は新宿区にしては静かで緑が多い住宅地の一角にあって、今までにもモンシロチョウやテントウムシが部屋の中に入ってきたりしていたので、ハチの一匹や二匹、気にもとめていなかったのだ。

土曜日に休みをもらって月曜日に出社すると、私の机の上でハチがコテッとあおむけになって転がっていた。

「死んでるのかしら」

指でさわってブスッと尻の針で刺されると怖いので、鉛筆でそーっとつついてみた。飛びたつ気配はなく転がったままである。おそるおそる顔を近づけてみたら、かすかだが六本の足がひくひく動いている。きっと土曜日に会社にいた人が、ハチがいるのに気がつかずに窓を閉めて帰ってしまったので、部屋の中でかんづめ状態になっていたのだ。とりあえず水を飲ませたほうがいいのではないかと、切手を貼るときに使う事務用スポンジに水を含ませて、ハチのそばに持っていってみた。すると半分死んでいたようなハチは、ガバッとスポンジにしがみつき、頭を突っ込むようにして水を飲みはじめたのである。

何分もスポンジにしがみついているハチの姿に少々驚きながら、私はいつものように帳簿と電卓を取り出して仕事をはじめた。水を飲んで元気を取り戻したハチは、しばらくして窓の隙間からブーンと飛んでいった。

ところがそのハチは、それから毎日毎日やってきた。午前十一時ごろやってきて午後二時、三時ごろまで部屋にいる。それも積極的に何かをしているというのではなくて、山積みになっている本の角にへばりついていたり、本棚の隙間にとまっていたりと、どうも休みにきているみたいなのだ。

梅雨を過ぎて初夏になってもハチはやってきた。たったひとりで仕事をしていて話し相手がいなかった私は、毎日やってくるハチに親近感を覚え、勝手に「ハッちゃん」と名前をつけて、

「また今日も来たのかい」

と話しかけたりした。孤独なあまり、ちょっとあぶない人になりかけていたわけである。クーラーをつけるために窓を閉めきっていると、中に入れないハッちゃんは閉まったガラス窓に何度も体当たりしながらうろうろしていた。窓を少し開けてやると、待ってましたとばかりに飛びこんでくる。

いつものようにブンブン飛んでいたが、ハッちゃんにも部屋が涼しいことがわかったのか、方向転換して私の頭上に備えつけてあるクーラーのところにやってきた。そして冷風が出るところにしがみつき、じーっとしている。冷たい風がもろに吹き出るところにいたら、こごえ死んでしまうのではないかと気が気ではなかったが、ハッちゃんは何時間もそこにいた。そしてまた夕方になるとブーンと去っていった。

翌日、何とハッちゃんは友だちを一匹連れてやってきた。きのうクーラーというものを知り、

「こりゃ、ええわい」

と喜んで、仲のいい友だちに教えてやろうと一緒にきたのかもしれない。ところがハッちゃんはクーラーのところにしがみつくが、友だちのほうは警戒してブンブンと部屋の中を飛びまわるだけ。そしていつの間にかハッちゃんを置いて出ていってしまった。そういうのがふつうのハチの感覚というものだろう。しかしハッちゃんは友だちがいなくなっても全く動じることなく、まるで、

「極楽、極楽」

とでもいっているかのように、クーラーにいつまでもしがみついていた。

私は毎日やってくるハッちゃんを見ながら、

「こいつは働きバチのくせに、本当に労働意欲のない奴だなあ」

と感心して見ていた。あるとき、アルバイトの学生がハッちゃんを追っ払おうとしたので、これは世にも珍しい全く労働意欲のない働きバチであると今までの経過をすべて説明し、「ハッちゃん」と名前までつけたので、いじめてはいけないといい渡した。私が夏季休暇をとっているときには、社長が、

「もしも休んでいる間に、ハッちゃんが死んでしまったらえらいことになる」

と心配して、壁に「みんなでハッちゃんをかわいがりましょう」と書いた紙まで貼ってくれた。そのおかげで私が一週間の休みを終えて出社したときも、ハッちゃんは元気に飛びまわっていたのだ。

「いつまで来るつもりでしょうかねえ」

学生たちもハッちゃんを見ながらいっていた。ハチの寿命は永くないはずだが、やはり毎日来られると情がうつる。無事に冬を越してほしいと願っていたのだが、翌年の春は姿を見せなかった。天寿をまっとうしたか働きバチの親玉にさぼっているのが見つかって、怒られたのかもしれない。

働きバチは女王バチのために、一生、身を粉にして働くさだめである。ところがハッちゃんは仲間が必死に働いているというのに、クーラーの前で涼んでいた。平日に遊園地にいくと、仕事をさぼっているアタッシェ・ケースを持った営業マンが、所在なげに観覧車に乗っているという話を聞いたことがある。さしずめこのハッちゃんも同じようなものだったのだろう。あれだけの数の働きバチがいれば、なかには変わり者もいるのだろうが、

「それにしても妙な奴だった」

とハチが飛んでいる姿を見るたびに、ハッちゃんのことを思い出すのである。

オスは喧嘩し、メスは……

私は大学一年のとき、学校近くの神社に出没していた、あやしげなネズミ売りのおじさんから、ハツカネズミのつがいを百六十円で買ったことがある。ところが次々に子供を生み続け、あっという間に二十四匹の大所帯になった。

「すべての責任は買ってきた人にあるんだから、家族計画はあんたがするように」と母親にいい渡されてしまったので、私は一匹一匹ネズミの尻尾を持ってつまみ上げ、股間をのぞきこんで、オスとメスをリス用の飼育カゴに分けた。そしてそのふたつの大きな飼育カゴは、ただでさえ狭い私の部屋にでんと置かれ、毎日ハツカネズミの観察を余儀なくされてしまったのである。

オスはいちばん最初に、カゴのなかに付いている、中に入ってくるくる回す車に興味を示したが、いったいどういうふうにしていいのかわからないらしく、遠巻きにして眺めたり、ふんふんと匂いを嗅《か》いだりしていた。どうするのかと見ていたら、なかに一匹、やる気のあるネズミAが後ろ足で立ち上がり、前足で車をむんずと摑《つか》んだ。そして静かに揺すっているうちに、

「これは動かすものだ」

というのがわかってきたらしいのだ。ここでぱっと車に飛び移って、くるくる回し始めたら拍手喝采《かっさい》なのだが、やはりハツカネズミの小さな脳味噌ではそううまくはいかなかった。まず天井まで伝っていって、車の上にぽんと飛び下りたものだから、いっきに車は半回転して、Aは下に叩き付けられた。あららとあわててのぞきこむと、

「キュー」

と小さく鳴いてうずくまっていた。幸い怪我はなかったが、その日一日、彼は車に触ろうとしなかったのである。

ところが次の日、Aは再度チャレンジした。車の外側にぶらさがるより、中に入ったほうがよいということはわかったようで、最初から車の中に入り込みはしたも

のの、何もせずにただ車の匂いを嗅ぐことしかしない。

「ほら、走ればくるくる回るんだよ」

といっても、私の顔を見上げてぼーっとしているだけ。

そこへやってきたのが今まで彼の行動を見ていたネズミBである。BはAを車の中に入れたまま、昨日Aがしたように前足で車を揺すった。それでAははたと気がついたのか、そろそろと車の中で歩き始めた。自分が歩くと車が回る。やっとこれに気がついた彼は、目をぱっちりと見開いてものすごい勢いで走り始めた。車もそれに応じてぶんぶんと音を立てて回りだした。

「やったあ」

といいたげに、Aは必死になって車を回している。それを見て騒いだのは他のネズミたちである。

「Aが面白そうなことをやっている」

と、わーっと集まってきて、みんなで車の中のAの毛や足を摑んで、引き摺《ず》り下ろそうとする。しばらくAはふんばって抵抗していたが、根負けしたのか他のネズミと代わった。彼らはすぐくるくると回すことができた。Aがやっているのを見て、

「ああすればいいのだ」

ということがわかったのだろう。いちばん最初に興味を持って、下に叩き付けられたAは気の毒だったが、多少の犠牲を払ってひとつずつ賢くなっていくのは、新しいものに出くわした人間社会と同じような気がして、なかなか面白い光景だった。

一方、メスのほうは、車にはそれほど興味を示さなかった。のろのろと車を回しはするがすぐ飽きてしまい、落ちているエサを拾い食いするほうに情熱を傾けていた。それならばと割り箸《ばし》とか輪ゴムとか、おもちゃになりそうな物を入れてやったりしたが、やはり食欲のほうが勝っていた。エサをたらふく食べて、寝ているか毛づくろいをしているかどちらかで、とにかく食っちゃ寝、食っちゃ寝なのである。

あるとき、

「いつもいつもぐうたらして、他にやることはないのかね」

といいながらカゴの中をのぞいてびっくりした。メスのなかでいちばん図体の大きいのが、いちばん小柄なのに対して、腰をつかんで背後からのしかかり、交尾をしようとしているではないか。

「やめなさい」

私は思わず手を突っ込んで、二匹を引き離した。

「あんたたち、家族じゃないの」

図体の大きいのに説教しても、彼女はそっぽをむいて耳の後ろを掻いたりしている。やられたほうは、カゴの隅っこで、

「今のはいったい何だったのかしら」

という雰囲気でぽーっとしていた。浅香唯が和田アキ子に、突然、背後から羽交締めにされたようなものだから、相当なショックだったのに違いない。毎日食っちゃ寝の生活をして、暇を持て余すとメス同士、それも自分の姉妹とまぐわおうとする自堕落な生活は、いくらネズミとはいえちょっと問題であった。

私がいちばん不思議だったのは、図体の大きなメスがどうしてオスがするべき行為を知っていたのかということである。間違えてメスのカゴにオスを入れてしまったわけではないし、唯一考えられるのは、親がしているのを盗み見ていたということだけである。しかしメスに対してむらむらしてしまうメスというのは、動物界に於いては相当変だと思う。同じ状況でもオスのほうは喧嘩はするけれど、まぐわおうとはしなかった。それなのにメスのほうは喧嘩はしないがまぐわおうとする。ま

るでこれでは「大奥マル秘物語」の淫乱《いんらん》なお局様と純真なお女中みたいな世界ではないか。

「あのネズミは外見的にはメスだったが、中身はオスだったのだろうか」

「メス同士が一緒にいると、何かのはずみでメスがオスの本能を持つようになってしまうのだろうか」

いろいろ考えてみたが結論はでない。私の疑問に明快な回答をしてくれる本はないかしらと捜したことがあったが、「ネズミのレズビアンに関する研究」などをしている人などいるわけがなく、十七年後の今も、未だにこの件は謎のままなのである。

イノシシ家族

最近、結婚したくないのかできないのか、三十歳そこそこの男性の独身者がふえているらしいが、私の弟もそのうちのひとりである。私よりもはるかに料理や裁縫が上手で家事には苦労しないので、独身でもいいじゃないかと思うのだが、母親にしてみるとちょっと違うようである。

「好きな人はいるんだろうか」

とひとりで気を揉んでいる。バレンタインデーのときなどは、

「あんた、チョコレートもらったの？　えっ？　えっ？　えっ？」

としつこく後をくっついて歩き、弟に嫌がられたりしたことも、一度や二度ではないのだ。あるとき女性からプレゼントが届いたときは、まるで鬼の首でもとった

ように大喜びして、私の家に電話をかけてきた。その女性がどういう気持ちで贈ってきたかもわからないのに、

「もうすぐかもしれないわ」

とうっとりしている。

「もしかしたら、結婚の断りの手紙と一緒に、品物も贈ってきたんじゃないの」

といったらば、

「本当にあんたは夢がないことばかりいうのね」

とむくれてしまった。その後、プレゼントの一件が母親の期待とは裏腹に何の進展もないので、少ししょげていた時期もあったのだ。

「私だって独身なんだけど」

といっても、彼女は、

「あんたはもう、どうだっていいわよ。好きなようにやってちょうだい」

と全く関心を示さない。それなのに弟の件になると、

「友だちの○○君も××君も、まだひとりでいるみたいなの」

と事細かにチェックしているのである。

だいたい、家はあるが、カーなし、すこぶる元気なババつき。おまけに口の悪い姉つきという家族と、喜んで姻戚《いんせき》関係を持とうとする女性がいるほうがおかしい。弟も結婚したくてしようがないという様子でもなし、未だにギターばっかりいじくり回しているギター小僧なので、こういうのと結婚した女性のほうが気の毒という感じがする。新製品のギターが発売されると、喜々として買ってくる姿を見るたびに、母親は、

「ギターを抱くよりも、子供を抱いてほしい」

と嘆いているのだ。

まだ弟が高校生のときだったが、先生に聞いてきたイノシシの話を私にしてくれたことがある。本当か嘘かわからないが、とにかく話はこうである。

イノシシのお父さんとお母さんと子供のウリ坊二匹がいたとする。もし山の中で狩人に見つかったときに、彼らがどうやって逃げるかというと、まずお母さんが先頭で次がウリ坊。そして最後がお父さんという順番で、一列になって逃げるのだそうである。そのときに下手な狩人だとお父さんを撃ってしまう。するとそのすきにお母さんはウリ坊を連れて、さっさと逃げてしまうのだそうである。

ところが賢い狩人になるとお母さんに狙いを定めて仕留めてしまう。すると先頭になるのがウリ坊である。頼りになるお母さんが突然いなくなったものだからウリ坊は仰天し、次に頼るべき存在であるお父さんのあとにくっつこうとする。

そこでお父さんが機転をきかせて、先導して逃げればいいものを、イノシシのお父さんはお母さんがいなくなると、おろおろしてただ目の前のウリ坊のあとをくっついて走るだけ。つまりウリ坊二匹とお父さんは、輪になってひとつところを必死にぐるぐるまわるしか能がないというのだ。賢い狩人はお母さんを撃ったあとは、悠然と山の中に入っていけばそこで勝手にぐるぐるまわっているお父さんとウリ坊を一網打尽にできる。一発の弾で無駄のない猟ができると先生はいったのだそうである。

私はこの話を聞いて、

「林家三平の新作落語じゃないの」

と疑ったのだが、弟は、

「生物の先生がそういった」

とまじめな顔をしている。そして、

「お父さんイノシシはかわいそうだなあ。どっちにしたって撃たれてシシ鍋にされる運命なんだから……」

と妙にしんみりしているのである。お母さんが撃たれて結局は自分も捕まえられ、自分が撃たれたらお母さんはさっさとウリ坊を連れて逃げていってしまう。まあ、つらい立場であることは確かだ。

「たとえば間違ってウリ坊のうちの一匹が撃たれたら、お父さんは逃げるんじゃないの」

といってみたが、

「きっとそれだけ頼りにならないお父さんだから、子供が撃たれたらショックで腰をぬかして、やっぱり捕まっちゃうんだよ、きっと」

という。二匹いるうちのどちらのウリ坊が撃たれてもお父さんは腰を抜かし、お母さんのほうはただひたすら直進することしか考えていないので、逃げ切れるといい張るのであった。

「トホホ……。悲しい……」

弟は腕を目にあてながら泣き真似をした。

「あんたはウリ坊のお父さんじゃないんだから、そんなこと気にする必要ないじゃん」

「いーや、違う。人間だっておんなじだ」

先生からその話を聞いたときも、クラスの女の子たちは、大きな口を開けて、

「どひゃひゃひゃひゃ」

と笑っていたのに、男の子たちの顔はひきつっていたそうである。

「世の中、同じイノシシばかりじゃないんだから、お母さんが撃たれたらさっと先頭に立って、ウリ坊と一緒に逃げるようなお父さんになればいいじゃないか」

といっても、

「お母さんが撃たれたら腰を抜かすタイプなの、ボク」

とため息をつく始末だった。

「お母さんやウリ坊がいなかったら、身軽だもんな……」

などとしばらくぶつぶついっていたが、それから十四、五年たってもギター小僧のまんまでいるところを見ると、母親が期待している、お母さんイノシシとかわいいウリ坊の登場の可能性はないかもしれない。

それならそれで歳をとったら大ババイノシシ、小ババイノシシ、ジジイノシシがそれぞれ何とかやっていけばよろしい。想像すると相当に不気味だが、山にもこういうイノシシもいるだろうとのんびりかまえているのである。

男の責任

十年前にうちで飼っていたメス猫トラは三回お産をしたが、父親であるのら猫のクロが、生まれた子に会いにきた姿など見たことがない。発情期にトラのまわりをうろうろしていたので、気にはしていたのだが、

「トラもまんざらじゃなさそうだし、結構美男だし、ま、いいか」

と私たちは結婚を認めたのである。

ところがトラのお腹が大きくなっても、腹をさすってやるわけでもなく、トラの餌《えさ》を横取りしてさっさとどこかに行ってしまう。無事出産したあとは遠く離れて近寄ろうとすらしなかったのである。それを見た私の母親は、

「ちょっと、あんた、責任とりなさいよ」

と真顔で説教していた。猫に責任をとれっていったって、いったいどうするんだと聞いても、

「男には男の責任のとりかたがある」

と、ぶつぶついっている。クロの態度は、遊びで手をつけてしまった女性に子供ができたが、説得にもかかわらず生んでしまったので、だんだん距離をとっていって、結局はずらかろうとする情けない人間の男のようであった。

一方、トラのほうは本当にたくましかった。子供を生む前にすでに高齢だったため、夏場になるといつもつらそうにしていた。

「もしかしたら、今年が最後かも……」

と私たちはこっそり話していた。ところが、そのうちに彼女のまわりにクロがうろうろし始め、彼の姿が見えるとトラもうれしそうにフニャフニャいいながら家をでていくようになった。そして老いらくの恋の炎が燃え上がり、年甲斐《がい》もなくお腹が大きくなってしまったのであった。ただでさえ、すぐ死にそうな雰囲気だったのに、そのうえ妊娠したとあっては、親子共々死んでしまうのではないかと心配していたが、トラは若返ってしゃきしゃきと動くようになった。まず目つきが違った。

今まではどよんとしてただ開いているだけという感じだったのに、瞳が輝いている。お腹が大きいのに動作がきびきびしている。

「これから私はひと仕事あるんだから、もっとがんばらなくちゃ」

という力強さが後ろ姿にもみなぎっているのであった。そして種付け役だったクロは放っておいて、見事三回のお産で九匹の子供を生み、一人前に育てたのである。だいたい友だちの家の猫の話を聞いてみても、子供が生まれても父猫の存在はほとんどない。血統重視でお見合いから準備万端整えた婚姻関係ならまだしも、だいたいは生まれた子猫の体の模様から判断して、

「父親はあいつだ」

というふうになることが多い。なかには、

「私はあのシロがいいって思ってたのに、どうしてあんな不細工なのとつきあうのよ」

と元気に生まれた子猫を前に、グチをいった人もいた。当の猫にとっては誰とつきあおうが勝手なはずなのだが、飼い主は飼い主なりに、

「うちのリリちゃんには、あの美男のキジトラがぴったり」

などといろいろと考えているのである。親と子の関係はメス猫を飼っている人だけの問題のようだが、友だちの家にはちょっと変わった猫の父子がいた。

彼女の家のチビはオスである。メスと違ってオスは行動範囲が広いので、何日も家を空けることが多い。ふだんは少なくとも三日に一回は必ず帰ってきていたのに、そのときに限って一週間も帰ってこない。心配になって近所の広い通りとか保健所をあたってみたが、どこにもいない、いったいどうしたのかと気を揉んでいたら、失踪から十日ほどたってやっと戻ってきた。勝手口に座っているチビを見て家族でほっと胸をなでおろしたものの、どうも彼の様子がおかしい。はあはあと息遣いが荒く、興奮しているようなのである。

「何か怖い目にあったんじゃないの」

といってそばに寄っていったら、チビの陰にチビそっくりの子猫が寄り添っていた。

「あら、どうしたの」

といったとたんに、チビと子猫はものすごい勢いで家の中に飛び込み、みんなが、

「いったい、これは何なのだ」

とあっけにとられているのを後目《しりめ》に、ものすごいスピードで家の中を二匹でかけずり回ったというのである。五分ほど走り続けると、チビは子猫と仲よく自分のベッドで寝た。そして次の朝、子猫を連れてお腹がすいたといいにきたときに、友だちが、

「ねえ、その子はあんたの子供なの」

と聞くと、

「ウニャー」

と返事をした。ふつうは母猫が子猫を連れているものなのに、どうしてオスのチビが連れ歩いているのだろうかと家族で議論しているうちに、ふっと二匹は姿を消し、それっきり戻ってこなかったそうである。

「きっと旅立つ前に、世話になった私たちに子猫を見せにきたに違いない」

と友だちの母上はいっていたが、これは私たちの間では「クレイマー猫事件」と呼んで、飼い猫の行動の七不思議のひとつとして語られているのである。

最近では人間社会でも育児に係わるようになった父親も多いが、我が母によると現在実家に出入りしているシロを孕《はら》ませたブチが、そういうタイプだそうである。

子供が二匹生まれてからブチはじっと妻と子のそばから離れない。子猫がじゃれつくと尻尾をふり回して遊んでやっている。散歩にいくときもきちんと妻子のお供をする。庭で妻子が寝そべっていると、自分だけはちゃんとお座りをして周囲に気を配り、まるで外敵から妻子を守ろうとしているかのようだと母はいう。きっと子供が自分で生活できるようになったら離れていくのだろうが、なかなか立派な態度である。

これがクレイマー猫のチビと同じように、特殊な例ならともかく、トレンディなオス猫の姿だったら面白い。人間だって意識の変化があるのだから、もしかしたら猫にもあるんじゃなかろうか。猫のお父さんとお母さんと子供が揃《そろ》って町内を散歩する姿が見られるのも、遠いことではないのかもしれない。そうなったらまた楽しいなあと思っているのである。

ハエも昔話

うちにはこの間までハエがいた。昼間掃除をしたときに窓を開け放していたので、そのときに入り込んでしまったらしい。ころころと太っていて緑色に光るキンバエである。夜、テレビを見ていたらぷんぷんと頭の上をせわしなく飛び回って、本当に「五月蠅《うるさ》い」。そういえば子供のときは、毎日、ハエと戦っていたのに、いつしか彼らと縁遠くなってしまったような気がする。昼寝をしている弟の顔を見ると、あんぐりと開けた口のまわりをハエが這《は》っていたこともある。深呼吸をしたときに私の口の中に小さなハエが飛びこんできたことだってある。家に随時、二、三匹のハエがいるのはあたりまえだったのではないだろうか。

お菓子をちゃぶ台の上に置きっぱなしにして戻ってくると、必ずといっていいほどハエが二、三匹たかっていた。

「わあ」

と、あわてて追っ払っても、ハエはぱっと飛んで、いつまでも天井やふすまにへばりついている。そしてじーっとこちらの様子をうかがっているように見えたものだった。母親からいつも、

「ハエがたかったものは食べちゃいけません」

といわれていたので、ハエがお菓子にたかるということは、一回分のおやつが無しになるということであった。ハエがたかった食べ物は、近所の人々で面倒をみていた、のら犬の太郎ちゃんにやっていた。食べたいのをずっと我慢していて、やっと口にいれられると思ったお菓子を、太郎ちゃんに食べられてしまうときは、とても悔しかった。太郎ちゃんはビスケットも羊羹《ようかん》もアイスクリームもせんべいも何でも食べた。アルミのお皿にいれてもらった、ハエがぷんぷんたかっている味噌汁ぶっかけ御飯を平らげてもお腹をこわさない。ハエがたかったものじゃなくても、食べ過ぎるとすぐお腹をこわして、「赤玉はら薬」のお世話になっていた私は、何を食べても平気な太郎ちゃんを見て、

「私も犬になりたいなあ」

といつも思っていたのだ。

母親は食べ物にハエがたかったと知ると、

「だからちゃんと蠅帳《はいちょう》の中にいれとかなくっちゃダメだっていったでしょ」

と怒った。いちいち入れるのが面倒くさいので、大丈夫だろうとたかをくくってそのまま放りだしていると、そのときは姿が見えなかったのに、いつのまにかハエはたかっているのだった。手に持っていたホームランバーにハエがたかってしまい、おんおん泣きながら残りをドブに捨てた子もいた。私たちはハエとお菓子の取り合いをしていた。ハエは伝染病を媒介する人類の敵。そして子供にとってはお菓子を奪う敵でもあったのだ。

ラーメン屋さんに行くと、必ず飴色のハエ取り紙が天井からいくつも螺旋《らせん》状にぶら下がっていた。そこにはまるで水玉模様みたいに、黒いハエが点々とはりつけになっていた。それはとても興味ある光景だったが、その下でラーメンを食べていると、はりついたハエがいつぽとりと落ちてくるか気が気ではなくて、いつも背中がぞくぞくしていた記憶がある。今から思えば、一軒のラーメン屋さんにあれだけのハエが出入りしていたわけで、それは相当の数であった。あれだけいたのだから、私がハエを追っかけて毎日過ごしていたのも当然なのかもしれない。ハエは本当にこちらのスキをうまくついて飛んで来た。一日十匹と自分で目標を作ってハエ叩きを振り回していたこともある。ちゃんと狙っていても、私がハエを仕留める率はとても低かった。

「えいっ」

とハエ叩きを振り下ろしても、どういうわけだかぷーんと逃げていってしまう。そしてまるで嘲笑《あざわら》うかのように、また近づいてきては頭の上を旋回する。そのたびに私は、

「きーっ」

とヒステリーを起こしそうになった。しかし母親は、後ろ手にハエ叩きを持ち、じーっとハエをにらみつけて、

「やれ打つな、ハエが手を擦《す》る、足を擦る」

とつぶやく。何だ叩かないのか、と思いながら見ていると、おもむろに手首のスナップをきかせてビシッとハエ叩きを振り下ろすのだ。すると後には必ず手足を縮

めてコロッと上をむいて昇天したハエの姿があった。百発百中であった。

「殺さないのかと思った」

　というと、母親は、

「ああいうふうにすると、ハエが油断するのだ」

という。私のようにに殺意まるだしでいくと、ハエもそれを悟って警戒する。敵を油断させて仕留めるのがハエ叩きの極意であるというのである。そのうえ、

「あんたと私とでは腰のいれかたが違う」

　と自慢までした。

　そのほか、まるで蚊を取るみたいにして両手でハエを叩き殺す技、目の前を飛ぶハエをさっと右手でわし摑みにする技など、さまざまなハエ取りの技を持っていた。私と弟は陰で母のことを、人間モウセンゴケと呼んでいたのである。

　そんなに私たちの生活に密着していたハエだったのに、いつの間にか姿を見かけなくなってしまった。別に、いないと淋しいというものでもないから、それでもかまわないのだが、部屋のなかをキンバエが飛んでいるのを見て、

「そういえば昔はハエがたくさんいたなあ」

と子供の頃を思い出したくらい、ハエとは疎遠になっていた。久しぶりに姿を見たので、名前でもつけてかわいがってあげようかしらと思ったが、さすがにハエの場合はそうはいかない。あのぷんぷんせわしなく飛び回る姿は、本当にいらいらする。

「何でそんなに落ち着きがないの」

と説教したくなってくるのだ。明るいもの、光るものに寄っていく傾向があるのか、鏡やテレビの周辺を何往復もする。それだけならまだしも、顔だの足だのにまとわりついてうるさいことこのうえない。結局、私は意を決して、母親から伝授されたハエ叩きの極意どおり、油断させてそのスキに丸めた新聞紙をキンバエの体に振り下ろした。やはりハエはいないほうがいい。

押入れの主

両親は新婚当時、大家さんの二階の四畳半に間借りをしていた。父親は学校を卒業して新聞社に勤めたものの、どうしても画家になる夢が捨てきれず、勝手に会社をやめてしまったので勘当の身であった。それから独学で絵を描いていたものの、ちっとも金にならない。当然の如く、新婚生活は悲惨であった。小学生の教材用ドリルの「八百屋のおじさん」や「りんご」や「みかん」の絵を描いては、ちょぼちょぼと小金を稼いでいた。もちろんそれだけでは生活できないので、母親が近所からたのまれて洋裁や和裁の内職をしていた。ところが部屋に布地や反物を広げると、父親のいる場所がない。仕方なく仕事のない彼は私をおぶい紐《ひも》でおぶって、小石川の伝通院付近をうろうろしているという有様だったのである。昭和三十年、世の中

の人々は、

「一所懸命働いて、豊かな暮らしをしよう」

と意気込んでいるのに、父親は昼間っから何もせずにぷらぷらしている。町内では「何をしているのかわからない妙な人」として有名だったのだが、大家さんが、

「あの若夫婦は悪い人ではありません」

といっていつもかばってくれていたのであった。

あるとき、朝から行方不明になっていた父親が、夕方になってやっと帰ってきた。

「おかえり」

といって戸を開けた母親は、にこにこしている父親の背後に変な影らしきものがあるのに気がついた。もう一度よくよく見ると、彼は毛だらけの生き物をおぶっている。首をかしげている母親を見ながら、父親は、

「拾ってきちゃった」

といって狭い部屋に入ってきた。母親は彼が背中におんぶしていた生き物を、電灯の下で見てびっくり仰天した。それは歳をとった大きなシェパードだったのである。

「いったい、どうしたの」

と母親がたずねると、彼は少し怒ったような顔をして、

「公園に置き去りにされていたんだ」

といった。犬はお座りもすることができず、ただ畳にへたりこみ、はたはたと尻尾を力なく振っている。父親が近所の公園で朝からぼーっとしていると、銀杏《いちょう》の木にこのシェパードが荒縄でくくりつけられていた。いつ飼い主が来るのかと何気なく見ていたが、一時間、二時間たっても誰も迎えに来ない。ついつい心配になって、一日中、犬を観察していた。しかし、夕方になっても飼い主が現れないので、かわいそうになって連れてきたというのだ。母親が、

「もしその後に飼い主が来たらどうするの」

といっても、

「こんな老犬を放っておく飼い主なんてろくな奴じゃない」

といって、すっかり自分が飼う気でいる。

「よかったなあ。もう安心だよ」

犬も頭を撫でられてほっとした顔をしている。母親も動物は大好きだが、何しろ

住まいは四畳半ひと間である。おまけに赤ん坊がいる。老犬とはいえ大きなシェパードを飼う環境では全くないのだ。

「困ります」

心を鬼にして母親はいった。すると今までへたりこんでいた犬が、

「クーン」

といいながら体を起こし、訴える目つきで母親をじっと見上げる。運悪く目が合ってしまった彼女は、それ以上抵抗できず、四畳半で犬との同居を余儀なくされてしまったのであった。

まず犬は「セピ」と名づけられた。セピの住まいは父親の命令により、押入れに作られることになった。いくら人のよい大家さんとはいえ、廊下で犬を飼っていたらたまげるに決まっている。部屋のなかを見回した結果、場所は押入れしかなかったのである。中に入っていた荷物は畳に積み上げられ、ボロ布が敷かれてベッドが作られた。

「セピ君、よかったねえ」

父親は押入れの主になったセピに声をかけ、とても満足そうだった。複雑な思い

なのは母親である。母乳を飲んでビービー泣く赤ん坊がいるのに居候《いそうろう》まで来た。それも犬である。住んでいるのは四畳半。夫は定収入なしの限りなく失業者に近い自由業。老犬とはいえセピだって空気だけで生きているわけではない。格安の家賃で部屋を借りて、やっと生活できるくらいなのに、これからのことを考えると途方にくれるのは当たり前であった。

扶養家族がふえたというのに、相変わらず父親には仕事がなかった。彼は母親に追い出されないときは、私のために紙で人形を作ったり、風車を作ったりして遊んでいた。それに飽きると私をおぶって散歩にいく。そのあと御飯を食べ、再び家のなかでぷらぷらする。そして夜になると、ほとんど歩けないセピをおんぶして、散歩にでかけるのだ。とにかく近所の人々に、犬を飼っているのを知られないようにするのが大変だったのである。

ところがまたひとつ問題が起こった。ただでさえ夜泣きがひどい私が、ますますギャンギャン泣くようになった。母親が驚いて調べたら、何と私の体はノミに食われてまっかっか。セピのノミが大移動してきたのである。環境からいって犬小屋に人間と犬が一緒に住んでいるのと同じだから、生まれたてで皮膚の軟らかい赤ん坊

が、ノミの餌食になるのは当然であった。でも、やはりセピを追い出すことはできない。体中まっかっかになった私は、

「これで我慢しておくれ」

とキシロ軟膏《なんこう》を塗りたくられて、かゆみに泣いているしかなかったのであった。

二か月後、セピは押入れで死んだ。両親はあまりに悲しくて、ふたりでおいおいと泣きながらセピの亡骸《なきがら》を、二枚しか持っていないシーツのうちの一枚で包んだ。そして深夜、こっそり近所の野原にいって埋めてやった。まっかっかだった私の体ももとに戻った。今でも母親は街なかでシェパードを見かけると、

「セピによく似ている」

という。セピもかわいそうだったけど、私だってかわいそうだった。私はノミに食われて体がまっかっかになったときの記憶がなくて、本当によかったと思っている。

母の正体

私の知り合いに、子供のころに自分の母親がろくろっ首だと信じていた若い女性がいる。小学校にあがる前、彼女は家族と一緒にお祭りにいったところ、見世物小屋があり、登場する生き物が毒々しい色合いの看板の絵で紹介してあった。そのなかにうりざね顔で、色が白く、着物を着てちんまりと座った女の人がいた。おまけに女の人の首はくるりと輪をかいて宙に伸びているのであった。それは彼女の母親にそっくりで、絵の横にはへたくそな字で、

「アイちゃんやー」「あい、あい」

と書いてある。

「あの人だれ?」

「あれはろくろっ首。ふだんはふつうの女の人なんだけど、急に首がわーっと伸びて人を驚かすの」

と母親は教えてくれた。小さい彼女の頭のなかは、狼女や熊男よりもろくろっ首のことでいっぱいになった。そして、

「うちのお母さんも、きっと私の目の届かないところで、あのように首を伸ばしているのに違いない」

と信じてしまったのである。

それから彼女は、添い寝をしてくれている母親の顔を見ては、

「この色の白さ、顔のかたち。やっぱりアイちゃんとおんなじだ⋯⋯」

と確信した。彼女は母親がいつアイちゃんみたいに首を伸ばすか、息をひそめて待っていた。自分の家にろくろっ首がいるなんてすごいことだった。早く首が伸びるのが見たくて、そーっと首筋をさすってみたりした。しかし何回一緒に寝ても首が伸びる気配はなく、そのたびに彼女は落胆したというのであった。

彼女はこの話を今までずっと誰にもしゃべらなかった。だから彼女の母親も自分の娘にろくろっ首と疑われたことなど、全く知らないのである。

「こんな私って、変ですよね」

と彼女は恥ずかしそうにいった。しかし私は自信をもって、

「それは変ではない」

といいきった。実は私にも同じような過去があったからである。

私が小学生のときには、楳図《うめず》かずおの恐怖漫画が全盛だった。もちろん私も毎週、漫画雑誌を買って、背中をぞくぞくさせながら、その恐怖の世界にのめりこんでいった。そしてそのあげく、

「母親はヘビ女ではないか」

という疑問を持ってしまったのであった。私はヘビは平気だが、ヘビ女は怖かった。母親がヘビ女だという証拠はいろいろあった。まず漫画に出てくるヘビ女である母親と、うちの母親とヘアスタイルが酷似していた。長い髪をまとめたいわゆる「おだんご」というやつである。カーディガンにタイトスカートという服装もよく似ていた。ふだんは優しい母親のふりをしているヘビ女は、本性を現したときに、

「シャーッ」

という音を発する。そのときの形相は目を吊り上げ、口を大きく開けて牙をむく。

よだれをだらだら流し、この世のものとは思えない不気味さだった。それは目が二重で口の大きいうちの母親が、激怒した顔とそっくりなのだ。ヘビ女はみんなが寝静まったあと、ずるずると音をたててそこいらへんを這い回り、鳥やけものを生でバリバリと食べる。子供の私にとってはそれは地獄絵図であった。

私は恐怖に怯《おび》えながらも、表面上は無邪気な娘を装っていた。そして一方では母親の行動を逐一《ちくいち》観察していたのである。漫画のなかではヘビ女の娘である少女が、母親がよだれを垂らしながら生卵を丸のみするのを盗み見てしまう。

「ああっ、おかあさまが……」

といって失神しそうになるのである。うちの場合、朝食によく生卵が登場した。醤油をたらして熱い御飯の上にかけて、母親がおいしそうに食べるのを見るたびに、胸がどきどきした。

「卵が新鮮だと生がいちばんおいしいわね」

などということばを聞くと、頭がくらくらした。たまに鳥の皮を甘辛く醤油で炒《い》りつけたおかずが食卓にのぼることもあった。肉ではなくて皮なのが妙にリアルだった。

「きっと夜中に近所の農家にいって、取ってきた鶏の肉は生でバリバリと食べ、それをごまかすために皮だけをこうやって私たちに食べさせているんだ」

私は頭のなかにそのシーンを描き、

「ひえーっ」

とふるえた。

漫画のなかの少女は、

「まさか、おかあさまが……」

と半信半疑だったのだが、母親の寝床のシーツの上に残されたうろこを見て、間違いなくヘビ女だということを知る。それで彼女は奈落の底に突き落とされるのである。

私は翌朝、母親が台所で朝食の支度をしているのを確認してから、掛布団を半分はぐったままにしてある彼女の寝床に潜り込んだ。どこかにうろこが落ちていないかと、はいつくばって必死に捜したが、うろこは落ちていない。ふと気がつくと母親は不思議な顔をして枕元に立っていた。

「何しているの、いったい」

私は黙っていた。何も知らない彼女は、

「大きくなったのに、まだ私の匂いが恋しいのかしら。困ったもんだわねえ」

と自分勝手な解釈をしてうれしそうに笑い、台所に行ってしまった。私はうろこが落ちていなくて、うれしい反面がっかりした。恐怖を覚えながらも、実は母親がヘビ女であることを望んでいたのだ。みんなが知っているヘビ女が家にいるとなったら、恐怖は伴うが自慢ができる。そうなったら私は母親と娘という縁を一方的に切り、ヘビ女とそれを発見した一少女の関係にするつもりであった。もしも偶然、前の日の夜に調理した魚のうろこが布団の上に落ちていたとしたら、私の性格からいって、ショックは受けながらも、この特ダネを学校の友だちに話したに違いない。そして、

「うちには漫画と同じヘビ女がいるんだぞ」

といって友だちから金を取って、垣根から母親を覗《のぞ》かせて見世物にしたに違いないのである。

すがり猫

動物は人間を見ると、

「この人は動物が好きか嫌いか」

を瞬間的に察知する能力があるらしい。動物が嫌いな友だちが、動物が好きな人と一緒にいると、彼らはそちらのほうばかりに愛想をふりまく。彼女は犬や猫が怖いので、

「こっちに来ないといいなあ」

といつも思っているというのだ。彼女は私みたいに、ゴロゴロと喉《のど》を鳴らしている猫を仰向けにして、

「お腹ぐりぐりだよーん」

といいながら、腹部をさすってやることなんか、死んだってできないと呆れる。動物に嫌がられる人って、気の毒だなと思う反面、たまにそういう人たちがうらやましくなるときがあるのだ。

一か月ほど前、駅前に買い物に行こうと裏道を歩いていたら、どこからか猫の鳴き声がしてくる。声の感じからして誰かに甘えているというよりも、何となく切羽つまった雰囲気なのである。どうしたのかしらとあたりを見渡していたら、袋小路の奥のほうから大声で鳴きながら、一匹の猫がすっとんできた。そして私の顔を見上げて一所懸命体をくねくねさせ、さっきまで聞こえていたのとは違う、甘ったれた声を出して鳴く。その猫はメスで、母親から離れても何とか生活できるくらいに成長していた。妙に人なつっこいところをみると、ある程度まで大きくなってから捨てられたようだった。

「あんた、捨てられちゃったの」

そう尋ねても猫が、

「はい、そうなんです」

というわけはないのだが、私のたくましい足にべたっとすがりついて、離れようとしない。その「すがり猫」はやせていて、生まれながらに薄幸そうな体つきをしている。そのうえ彼女には何の責任もないのだが、かわいそうなことに、一目見たとたん、

「ありゃー」

といいたくなる、すさまじい毛並みをしていた。もしかしたらこのせいで捨てられたのではないか、と思われるくらいのアヴァンギャルドな柄なのである。胴体はもとより顔面までが、茶、白、黒の一辺が三センチくらいの四角形で埋めつくされている。よくよく見ないとどこに顔があるかもわからない、迷彩効果のある柄なのだ。

あっけにとられている私のことなど、おかまいなく、「すがり猫」はゴロゴロと喉を鳴らしながら頭を私の足にこすりつけてくる。

「うちのアパートは猫が飼えないの。だからいくらそうやってもだめ」

そういっても、仁王立ちになった私の両足の周りや間を、体をこすりつけながら横8の字状に歩き回り、一歩も歩かせてくれないのだ。

「これから買い物に行くんだから、これでさよならね」

全然いうことを聞かない。ますます大声で鳴きながら、顔を見上げる。困り果てたときにふと頭に浮かんできたのは、母親の教えであった。

実家にいたとき、十三匹の猫の総帥として君臨していた彼女は、幾度となく起こった猫に関するトラブルを、すべてスムーズに解決してきた。彼女の解決法はいつも、

「心から話せばわかる」

であった。猫だってバカじゃないから、きちんと説明すればちゃんと理解するというわけである。私はもう一度、ニャーニャー鳴きながら足元でゴロゴロやっている「すがり猫」に、

「うちでは飼えないの。だからさよならね」

と心からいってみた。しかし状況は全く変わらない。もう一度、

「いくらやっても本当にだめなんだから。ごめんね。さよなら」

とひとつひとつことばを区切っていってみた。ところが「すがり猫」は納得するどころか、もっと大きな声で鳴くようになった。これからの自分の人生がかかっているので、聞く耳なんかないらしいのだ。なだめすかしてその場を去ろうとしても

「すがり猫」は許してくれず、しまいには両前足を使って私の足にタックルする始末であった。

「そんなことしてもだめ」

心を鬼にして私は足を動かそうとした。ところが驚いたことに「すがり猫」はものすごい力でしがみついていて、ずりずりと引き摺られながらも、絶対に前足を離そうとしないのだ。

「わかった。ちょっと離しなさい」

そういうと猫は素直に前足を離した。

自分に都合のいいことだけいうことを聞く。

「もう、絶対にだめ。だからバイバイ」

きっぱり宣言して、早足で立ち去ろうと思ったのに、五、六歩、歩いたとたんにすかさず追っかけてきて前に立ちはだかり、また足にすがって鳴くのであった。呆然と立ちつくす私の横を、ふたりのおばさんが通りかかった。そして私と猫を見て、

「まあ、あんなになついてる。かわいいわねえ」

と無邪気な会話をしていた。もう私はトホホであった。動物が嫌いな人だったら

こんな思いをしないのに、なまじ好きだからこのような心が痛む出来事が起こる。

私は両手で猫の顔をはさんで、

「いうことをきいてね。ごめんね」

といって後を見ずに歩き出した。横目で見たら、私の顔を見上げて鳴きながらくっついてきていた。しかしとうとう「すがり猫」もあきらめたのか、角を曲がったらついてこなくなった。しばらく歩いてそーっと振り返ったら、ちょっと首をかしげながらこちらを見ていたものの、とぼとぼと今来た道を帰っていってしまった。

その翌日から三日間、大雨が降り続き、私にとってはまるで針のむしろのような日々であった。しばらくは「すがり猫」と出会った裏道を通ることができず、駅に行くにも遠回りをしていた。

寒くなってスーパーマーケットの安売りコーナーで、茶と黒と白のつぎはぎ状になっている、安っぽいムートンの小さな敷物を見かけるようになったが、それを見るたびに私は「すがり猫」を思いだし、未だに複雑な気持ちになってしまうのである。

ノミ騒動

うちで飼っていたメス猫トラにノミがわいたことがある。オスよりはノミのつき具合が少なかったのだが、それでもこちらに与える影響はなかなかのものだった。畳の上で腹這いになって本を読んでいると、トラが外から帰ってきて、部屋の中で後ろ足で体を一所懸命掻きむしる。するとしばらくして私の手足がむず痒《がゆ》くなってくるのだ。

「だめっ」

と叱って、トラを外に出そうとしているうちに、畳の上に広げた本の上ではノミが元気に跳ねている。それからは外でトラの毛をチェックして、目についたノミは片っ端からつぶしたりしたのだが、巧みに逃げ切ったノミが部屋の中に住みつき、あっちこっちでピョンピョン飛び跳ねるようになった。どういうわけだかノミは私や母よりも、弟により重点的に食いついた。

「何とかしてくれえ」

弟はトラと一緒にポリポリと体を掻いていた。私と母は、

「私たちには被害がほとんどないから、このまま放っておこう。いつかは何とかなるでしょ」

と相談して、目についたノミだけをぷちぷちとつぶすようにしておいたのだが、一週間たっても全くノミの勢いは衰えない。温厚な弟もさすがに機嫌が悪くなり、

「こんなにノミを連れて帰ってくるんだったら、『マルガリータ』にするぞ」

とトラに文句をいうようになってしまった。

「マルガリータ」というのは、トラが悪いことをしたときに私たちが叱る言葉で、バリカンで丸刈りにするぞという意味なのである。しかしそんなことをいわれても、トラ自身も痒いのだからどうしようもない。

「おねえちゃん、明日、必ずノミ取り粉を買ってきてよ」

弟は十年に一度くらいしかみせない怒りの目つきをして、バタッとドアを閉めた。

そーっとトラのほうを見たら、しゅんと肩を落としているのでかわいそうになって、私は翌日会社の近くのペットショップで、ノミ取り粉を捜すことにしたのである。

私はペットショップはどうも苦手で、そのとき初めて入ったのだが、あまりの商品の多さにびっくりした。洋服はもちろんのこと、犬や猫がつけるアクセサリーまであった。店内をうろうろしていると、若い男性の店員さんがにこやかに笑いながら、

「何をお捜しですか」

とすり寄ってきた。猫のノミ取り粉が欲しいというと、彼はすぐさま五種類のきれいな色をしたパッケージを持ってきて、

「ただいまうちにあるのは、これだけなのですが」

といった。よく見るとほとんどが輸入品であった。いちばん小さな箱を選び、お金を払おうとすると、彼はふたたび笑みを浮かべながら、

「お客様の猫ちゃんはどんな猫ちゃんですか」

と聞く。

「ふつうの短毛の猫ですけど……」

しどろもどろになって答えると、

「うちでは猫ちゃんの美容室もやっておりまして、そこでは毛質に合ったノミ取りシャンプーやリンスも行っております。どうぞ今度、猫ちゃんを連れてきてあげてください」

と丁寧にいってくれた。私は腹の中で、

（人間だってろくに美容院にいかないのに、猫にそんなことをさせてたまるか）

と思ったのだが、とりあえずは、

「そうですね。今度連れてきます」

といって、あわてて店を出たのであった。

家に帰ると昨夜の私たちの会話を聞いていたのか、トラは玄関で待っていて、私のあとをおとなしくついてきた。マルガリータにされてはたまらないので、何もいわないのに目の前にきちんとお座りして、ノミ取り粉をつけてもらうのを待っているのだ。

「きょう、ペットショップで、『今度シャンプーとリンスをしてあげるから、猫ちゃんを連れてきてください』っていわれちゃったよ」

私はノミ取り粉を箱から手のひらに振り出しながらトラにいった。母は、
「あら大変。トラちゃん、どうする?」
といって、わっはっはっと笑った。
「トラ。シャンプーのついでにモヒカン刈りにしてもらえ。かっこいいぞ」
弟もいいたいことをいった。そういわれても、トラはおとなしくお座りをしたままだった。目を細めて気持ちよさそうにしていた。手足の届かないところを丹念に
掻いてやると、だんだん鼻息が荒くなってきて、ふがふがいいだす。そのままマッ
サージを続けていると、ころっとあおむけになり、
「ここもやって」
というふうに手や足を広げて、脇の下や足のつけ根の部分をこちらにむけるのだ
った。
「はいはい、わかりましたよ」
そういいながら、体をさすり続けてやると、目をつぶる。そして、全身をマッサ
ージしてもらったトラは、あおむけになったまま、「シェー」をしているような格
好で寝てしまった。

舶来のノミ取り粉のおかげで、ノミは姿を消し、トラにもやっと安息の日々がおとずれた。

「あー、助かった。犬猫美容院に連れていかなきゃならないかと思った」

私たちはほっと胸をなでおろした。飼い主としては犬猫美容院に連れていくなんてもってのほかという意見である。そんなことにお金を使えるかというのがいちばんの理由であるが、猫がシャンプーの匂いをぷんぷんさせているのも、不気味なことこのうえないからである。私たちは勝手にあれこれいいたいことをいえるからいいが、結局のところいちばんかわいそうだったのはトラだった。気がついたら体にノミがたかって痒いわ、マルガリータにするぞと威《おど》されるわ、ノミ取り粉をすりこんでもらいながら、

「これでノミが取れなかったらどうしよう」

と丸裸になった自分の姿を想像して、気を揉んでいたかもしれない。一歩間違えば剃毛《ていもう》した猫を作り出すことにもなりかねないノミ騒動だったが、ひとまず双方丸くおさまって、めでたしめでたしだった。

淋しい熱帯魚

ふつうの父親というものは、自分は古びた服を着ていても、子供のために何かしてやりたいと思うものである。まず我が子第一に考えるものである。ところが私の父親は、世の中の父親像とは正反対の人だった。自分のためなら金を湯水のように遣うけれど、家族であっても自分以外の人間のために金を出すのは大嫌いな人であった。家計を母親にまかすと思い通りにならないので、財布のヒモは彼が握っていた。今から思えば私はそのおかげで、男性におねだりする見苦しい悪癖が身につかなくてよかったのだが、子供時代の私にとっては、何となくふに落ちない毎日だったのである。

母親にくっついて駅前の商店街にいくと、おもちゃ屋さんのウインドーには、前

を通るたびに新しいおもちゃが並んでいた。見て見ぬふりをしながらも、

「あっ、これはこの間までなかったやつだ」

とチェックを怠っていなかった。とにかく父親はそういう人だったので、私はおもちゃを見るたびに、

（これは買ってもらえないな）

とあきらめていた。しかしそう思いながらも、二年に一回くらい、どうしても欲しくてあきらめきれないものがある。こういうときがいちばんつらいのであった。父親に、

「お人形が欲しい」

と訴えると、まず、

「それはどんなものか」

という答えが返ってくる。これこれこういうものだと説明すると、

「もしかして、それに似たようなものを持っていなかったか」

とするどい突っ込みをしてくるのであった。当時のおもちゃというのは、画期的な新製品が出てくるわけではなく、前からあったものに少しずつ手直しをして、子

供受けするように変えて売られていた。人形は髪の毛を垂らしているときは平気だが、耳の横でふたつにわける大国主命《おおくにぬしのみこと》みたいな髪形にすると、後頭部にハゲができた。経費節約のために頭部全体に植毛されていなかったからである。私は人形のメリーちゃんの髪をくしけずりながら、

「頭全体に毛が生えていたら、どんなにいいかしら」

と思っていた。まばたきもせず、青い目はぱっちりと見開いたままだった。ところが二年ほどすると、顔立ちは全く同じだが頭部全体に植毛されてどんなヘアスタイルでもＯＫ。おまけにまばたきまでする人形が売り出されたのである。

「前に買ったのを持ってきなさい」

父親にいわれたので、私はおもちゃ箱のなかからメリーちゃんを持ってきてみせると、厳しい顔で点検しながら、

「どこも何ともなっていないじゃないか」

とまたまたするどい突っ込みをした。それをいわれるとこちらは反論できない。黙っていると、

「そんなに何でもかんでも買ってやるわけにはいかない。本とレコードはいくらで

も買ってあげてるじゃないか」

と叱られた。そして、最後にはどうしても欲しかったら、お小遣いをためて買えといい放った。それから私は父親には全くおねだりをせず、こつこつと毎月のお小遣いをためて欲しい物を買う、つつましい貯金少女になってしまったのである。欲しい物を買ってもらえなくても、父親自身が古いものを大切に使っているというのなら私も納得する。しかし彼は家族には、

「今、あるものを大事に使え」

と説教するくせに、自分はパッパカ、パッパカ、洋服やカメラを買い替えていた。そのうえ新しいものにすぐとびつくくせにすぐに飽きて、ただでさえ狭い家のなかはまるで物置のようだった。

ある日、父親はにこにこしながらいくつかの荷物と共に帰ってきた。駅前のペットショップのおじさんが一緒だった。あっけにとられている母親と私を無視して、ふたりは狭い部屋に大きな水槽を三つと、いろいろな器具を設置し始めた。そして最後には水槽にエンゼル・フィッシュとグッピーを泳がせて、おじさんは帰っていったのである。

「ほーら、きれいだろう」

父親は自慢した。私たちはむっとしていた。それまで彼は近所の公園の池から、ザリガニとクチボソを獲《と》ってくるのが楽しみだったはずなのだ。

「クチボソはどうするんですか」

母親は庭の隅に置いてある、火鉢を利用したクチボソ用の水槽を指さした。

「クチボソはちっともきれいじゃないからつまらないんだ」

そういって彼は水槽に顔を寄せて、エンゼル・フィッシュが動くのを眺めていた。

「これからもっともっときれいな熱帯魚を買ってくるからな」

彼はいばったが、私はこんな魚よりもハゲがないメリーちゃんを買ってもらったほうがよっぽどうれしかったのだった。

それからも父親は熱帯魚にいれあげ、母親が、私と弟のパンツを買いたいといっても、ぶつぶつなんくせをつけてお金を出そうとはしなかった。家族の必要経費まで注ぎ込んだ結果、水槽のなかには、黄色や赤や図鑑のなかでしか見たことがない熱帯魚が次々にふえた。ひらひらときれいな尻尾を揺らして泳いでいる赤い魚を見ると、私はハゲがなくてまばたきするメリーちゃんが泳いでいるように見えた。きっと母親も口のとんがった黄色い魚を見ては、子供たちのパンツが泳いでいるように見えたに違いない。

「ほーら、これは沖縄の魚だよ」

などと父親は自慢したが、私たちはそっぽを向いていた。

このように我が子よりも熱帯魚を溺愛《できあい》していた父親だったが、ある日、とんでもないことが起こった。朝、起きてみたら水槽の熱帯魚がみんな煮魚になっていたのだ。彼は水槽にへばりついて点検していたが、温度調節を間違えたようだった。熱帯魚はとてもかわいそうだった。しかし私は父親がしょんぼりと肩を落として、くたっとした魚を網ですくいとっている姿を見ながら、

（いい気味だ）

とつぶやき、今までの胸のつかえがいっぺんに晴れるような気がしたのだった。

血統書つき

私はいかにも血統書が家のなかに飾ってありそうな犬や猫が苦手である。どうもそういった犬や猫は子供のときから、

「お前は他の犬や猫と違うよ」

と耳元でささやかれて育てられたような気がするからだ。私がいちばん好きなパターンは、

「ポチ、元気？」

と声をかけると、

「はあ、おかげさまで」

といいたげに、一所懸命に尻尾を振られたりすることである。こういうときは、

「ああ、気持ちが通じ合った」

と満足してしまう。飼い主以外の人間にはつーんとして何の関心も示さない犬、猫はこの世に何の楽しみがあるのかと思ってしまうのである。

うちで飼っていたのはみんな迷い猫や捨て猫ばっかりで、血統書のケの字もない単なる駄猫だった。しかしそれでもちゃんとトイレの場所は覚え、やっちゃいけないと叱るとしぶしぶでもそれを守った。

「うちの猫はいつまでたってもトイレの場所を覚えなくて、催すとどこにでもしちゃうの」

などとなげいている友だちがいたが、そういうのは特別もの覚えが悪いのだ。血統書がない犬や猫だって、人間と共に十二分に生活が営める。血統書なんて単に人間のいやらしい格付けにすぎないのである。

ところがある日、その友だちが、

「さすがに血統書つきの犬や猫は違うわねえ」

と感心していた。話を聞いてみると彼女が習いごとをしている先生の家に行ったら、血統書のある犬が三匹、猫が五匹いた。先生は、

「血統書がない犬や猫なんて薄汚い」

というタイプの人だった。

「これはね、エリザベス女王も飼っていた犬とも血のつながりがあるのよ」

といって特にご自慢のジュリアンちゃんとかいう犬を抱きかかえて披露し、美猫コンテストで第三位をとったという、ペルシャ猫のマリリアちゃんに頬ずりしてみせたりした。先生の奇怪さにも驚いたが、彼女は犬や猫がほとんど声を発しないことに驚いたというのだ。うちで飼っていた動物たちは飼い主に似たのか、どうも食い意地が張っていて、お腹がすくとすぐ訴える目つきをして甘えて鳴いた。無視すると今度はもうちょっと声を大きくして鳴きながら足元にすり寄ってくる。それでも無視していると台所に行き、冷蔵庫の前にでんと座って、私が冷蔵庫を開けるまで延々と鳴き続けた。そして希望どおりに御飯をもらったあとは、こちらに尻の穴を向けてこんこんと寝る始末であった。ところが先生の家の犬、猫はほとんど動かずにテーブルや長椅子の上でおとなしく尻尾を揺らしている。まるで飾り物みたいなのだそうだ。

「ずいぶん、おとなしいですね。私なんか引っ掻かれて手が傷だらけです」

と友だちが線の何本もはいった手をみせると、先生は、

「まあ、そんなことするの。うちの猫ちゃんなんか爪を立てたことなんかないわ」

とのたまったとのことである。私のうちの猫ときたら友だちが来ると喜んですり寄っていき、お菓子を出すとそれをもらおうとして、精一杯かわいい顔と声をだして媚《こ》びていた。それに比べると先生のご自慢どおり、血統書がある猫はそういうあさましいところがないのかもしれない。でも家のなかにジュリアンだのマリアだのという名前の動物がいるなんて、やっぱり私は気色悪くてしょうがないのである。

犬、猫が多いうちの近所に、突如アールデコ風の豪邸が建ち、そこの広い庭をころころしたシベリアン・ハスキーの子犬が走り回っていたのは去年の暮れのことだった。

「あそこの犬は血統書つきの相当いい犬らしいですよ」

と近くの八百屋のおばさんがいうので、私も前を通るたびにフェンス越しに犬が走りまわる姿を眺めていた。とてもかわいらしかったが、手足が太くてこれからずんずんと大きくなりそうな体つきをしていた。そして予想どおり犬はあっという間に大きくなり、今では広い芝生の庭を悠然と歩くようになってしまった。私がじっ

と見ているとむこうも首をかしげてこちらを見ていたりして、少しは庶民的感情があるのかなと思っていたのだが、その堂々とした姿は、玄関先の犬小屋にくくりつけられてキャンキャン鳴いているご近所のポチとは明らかに違っていたのである。

犬はそこの家の子供たちの格好の遊び相手で、夕方になると小学校の高学年と低学年の兄弟がバレー・ボールを手に庭に出てきて、犬と一緒に遊んでいた。キャッチ・ボールをしていると犬がボールを追いかけて走りまわる。兄弟はボールをとられまいと逃げながら素早くパスしていたが、兄のほうがボールを取ったときに、犬がじゃれてとびついた。兄弟と犬が団子状態になっていると、突然、「ボゴッ」という音と「キャイン」という声が同時に聞こえた。あらっとビックリして犬のほうを見ると、犬は芝生に突っ伏して、右前足で必死に顔面をこすっていた。兄が投げたボールが犬の顔面を直撃してしまったのだった。

「大丈夫か、ラッキー」

兄弟が笑いながらかけ寄っても、ラッキーは突っ伏したまま、いつまでも顔面をこすっている。

「さあ、やるぞ」

子供たちが気をとり直して誘っても、ラッキーは仲間にはいろうとはしなかった。ボールの顔面直撃がよほどこたえたのか、しゅんとして庭の隅っこでじっとしている。

「ラッキー、情けないなあ」

「かっこ悪い」

兄弟に口々にいわれても、ラッキーはそっぽをむいて聞こえないふりをしていた。ふつう犬というのは瞬間的に危険を避けようとする本能が勝れているのではないだろうか。ボールが飛んできたら顔をそむけるくらいはするのではないだろうか。それとも坊っちゃん育ちゆえに運動神経が鈍いのだろうか。それが室内犬のマルチーズやポメラニアンというのならともかく、仮にもあのシベリアン・ハスキーである。ボールをまともに顔面で受けてしまうなんて、よほどのことだ。これを目撃して以来、私は血統書がありながらちょっとオマヌケ君のラッキーのファンになり、フェンスの外から愛のまなざしを送っているのである。

子連れ猫

うちで飼っていたメス猫に子供が生まれるたびに、私はとても裏切られた気分になった。子供が生まれる前とその後では、猫の態度がコロッと変わるからである。妊娠がわかったときの彼女の姿は、誠にしおらしい。お腹がややふくらんでくると、私たちの前にきちんとお座りして、

「こんな体になってしまいました」

と首うなだれていた。脳味噌が小さい猫ながら、

「自分が子供を生んだら、お世話になっているこの家の人々の扶養家族が増えてしまう。みんなの反感をかわないように、何とかうまく事を運びたいものだ」

と考えているかのようであった。

「困ったわねえ……」

母親はいつも一発目にドキッとすることばをいい放った。そういわれると猫の背中はますます丸くなり、上目づかいにこちらのほうを見て、とても情けない顔になった。

「あなた餌代はどうするつもり？」

母親はちくりちくりと猫をいびった。テレビの奥様番組で放送していた、

「迷いこんできた猫を飼うことにしたら、あくる日から毎日、散歩に行くたびに、五百円程度の小銭をくわえて帰ってくるようになった」

という餌代を自ら稼いでくる立派な猫の話を延々として、プレッシャーをかけたりした。自分の快楽の果てにこういう体になったために、猫も黙って話を聞いていた。結局は、

「しょうがない。ともかく元気な子供を生みなさい」

の言葉でしめくくられるのだが、最初から甘い顔を見せて、猫をつけあがらせるとよくないという母親の方針で、猫の妊娠報告の際にはいつもきついひとことが待っているのだった。

だんだんお腹が大きくなってくると、猫はふにゃふにゃいいながら、

「お腹をさすってくれ」

と催促した。こちらも邪険にできず、猫の望むことをしてやっていたのであった。子供を生む前はこんなに私たちに甘えていたのに、いざ子供が生まれると猫は豹《ひょう》変《へん》した。とりあえずは礼儀として、

「こんな子ができました」

と見せにくるのだが、触ろうとすると、ものすごく冷たい目をして私と子猫の間に立ちはだかった。気が立っているときは、ウーと小さく唸るときもあった。

「あんなに体を気遣ってやったのに。そういう態度はないだろう」

私たちはあまりの猫の仕打ちに抗議をしたが、彼女は子猫がある程度大きくなるまで、

「飼い主でさえも信用できない」

といいたげな目つきで過ごしていたのであった。

このように母猫は子供が生まれると、飼い主にさえよそよそしい態度をとるのに、この間、珍しい光景を目撃した。駅前のターミナル・ビルの裏出口に人だかりがし

ているので、隙間から覗いてみたら、子猫が三匹、仲良くじゃれあっている。そしてその隣では、薄汚れた風体の母猫がきちんとお座りをしているのであった。

「まあ、かわいいわねえ」

無邪気にもつれあって遊ぶ子猫を眺めている人々は、口々にそういって目尻を下げていた。しかしその隣で、ちんまりと座っている母猫の姿が視界にはいると、えもいわれぬ哀れを誘うのであった。

「ちょっと、何か買ってくるわ」

私の前でこの光景を見ていた年配の夫婦の奥さんは、御主人に耳打ちしてビルに戻っていった。詰め襟の中学生三人組は、

「これ、飲むかなあ」

といいながら、足元に転がっていたプラスチックの容器に、飲みかけの缶入りウーロン茶をいれてやっていた。

みんながわいわいやっているうちに、母子家庭の猫たちの前には、鯖《さば》の塩焼きや、歯形のついた食べかけのおかかのおにぎりや、ポテト・チップ、牛乳が並んだ。かわいい子猫と、生活の苦労をすべて背負っているような母猫の姿は、山のように商品

があるビルの食品売り場で買い物をしてきた人間には、ひどく訴えるものがあった。子猫たちがニャアニャアいいながら人間たちがやった食べ物に食らいついているのを見ると、人々からは、

「お腹がすいていたんだねえ、かわいそうに」

と声があがった。子供に先に食べさせてあとから母猫が食べるのを見て、涙ぐんでいるおばさんもいた。ふつう母猫は人前に子猫を出さないものだけどなあと私は思いながら、その場を立ち去ったのであった。

そしてまた二、三日ほどして、ちょうど同じ時刻に同じ場所を通りかかった。するとこの前と同じように、あの母子家庭の子猫が愛想をふりまき、そのかわいい姿と健気《けなげ》な母猫に胸を打たれた人間たちが、自分が今買った物のなかから、彼らが食べられそうなものをおすそわけしていた。私はにたっと笑いながらその場を通りすぎた。そして夕方また同じ場所を通った。今度は母猫だけが立てかけられたベニヤ板の陰でごろんと横になって、ボリボリとお腹を掻いていた。昼間、ちんまりと座っていたのとは、大違いの態度であった。

「おい、子供はどうしたんだよ」

声をかけたら、彼女は鬱陶《うっとう》しそうにこちらをちらりと見て、ふん、とそっぽをむいた。尻尾を左右に動かして、まるで、

「うるさいから、あっちに行け」

とでもいっているかのようであった。

「薄汚れた自分ひとりが餌をねだっても、きっと誰もくれないだろう。しかしかわいい子供を一緒に連れていけば、人間は餌をくれるに違いない」

その目論見《もくろみ》にまんまと人間ははまってしまった。涙ぐんで猫たちのために買い物までしてやった。母猫はちんまりとお座りしながらも、心のなかでは、

「へっへっへ」

と舌をだしていたのだろう。

「何と見事な頭脳的作戦であろうか」

私は「母子もの」に弱い人間のスキをついた、ふてぶてしく、たくましい母猫の姿に深く感心した。そして、自分の赤ん坊のためなら、どんなに他人に迷惑をかけても知らん振りの人間の母親のことを思いだし、「母親は基本的に図々しく利己的なものだ」ということを、改めて知ったのである。

猿の気配り

ひまつぶしに、三十分ほど歩いたところにある小さな動物園に行ってみた。天気もよく園内には小さい子供の手をひいたり、乳母車を押した若い母親の総勢二、三十人の集団が、子供に負けず劣らずの喚声をあげて、象やラクダの檻《おり》の前にたむろしている。私はそのうるさい集団を避け、猿の檻の前でぼーっとしていた。檻のなかにぽつんと一匹だけでいれられている猿を見ると、私は「お猿さん」などと気軽に声をかけられない。見物人に媚びるわけでもなく、怒るわけでもなく、ただあまり楽しそうじゃない目つきをして、檻のなかにいる猿。まるでそれは人間のように思えてくるのだ。

高校生のとき生物の宿題で、「動物園に行って興味のある動物を選んで観察する」

という課題が出たことがある。私は動物園に行けば何とかなるだろうと思い、ある有名な動物園にひとりで行って、ぶらぶら歩きまわっていた。園内はすいていて、動物たちもぼんやりしていた。ふと横を見るとゴリラがいた。ごっつい体をもてあましてとても退屈そうにしていたので、

「あんたもつまんなそうだねえ」

といいながら檻に寄っていってしばらく眺めていたのだ。すると奥から飼育係らしいおじさんが出てきて、にこにこしながら、

「ゴリラ、好きですか」

と話しかけてきた。別に嫌いではないのでうなずくと、おじさんは、

「そうですか。女の人でゴリラを好きだっていってくれる人は、なかなかいなくてねえ」

といい、

「ちょっとこっちにいらっしゃい」

と、一般の人はそう簡単に入れない裏のほうに招きいれてくれた。そして、

「ほーら、りんごとかバナナとか。こんな餌を食べるんですよ」

と親切にいろいろなことを説明してくれたのである。

「機嫌が悪いときは、お客さんにむかってフンを投げたりすることもあるんです」

おじさんはちょっと困った顔をしたが、本当にゴリラをかわいがっている雰囲気があった。

「また、ゴリラに会いにきて下さいね」

といってくれたおじさんのおかげで、私の宿題は先生にとても誉められた。檻のなかではなく裏で見せたゴリラの顔はあまりに哲学的で、私よりはるかに頭がよさそうだった。それ以来、私は猿をみると人間がそこにいるような感じがする。だから猿の檻の前に立つと、人間が人間を檻のなかに閉じ込めて、見物しているような気分になってしまうのだ。

私はつつつと猿の檻から離れ、ちょうど通路を隔てて反対側にある齧歯《げっし》類の檻を見ることにした。ここにはうちでも飼っていたモルモットがいるので、親近感がわくのである。モルモットと旧交をあたためていると、背後から、

「キャッ」

という女性の小さな叫び声がした。ふりかえると猿の檻の前に、あまりかかわり

あいたくない、さっきの若い母親の集団がいた。さっきの叫び声は最前列からあがったのである。

「あら、どうしたのかしら」

「なに、なに」

「どうかしたんですかあ」

子供はギャアギャアわめき、母親たちは頭のてっぺんから声をだした。ところがしばらくすると母親たちはしーんとしてしまった。

子供たちの、

「おかあさん、どうしたの、ねえ」

という声がするだけである。私もどうしたのかと背伸びをしてみたが、ちんちくりんなもんだから、母親の人波に遮《さえぎ》られて、いったい何が起こっているのか見当がつかない。ところが沈黙していた母親の集団がざわざわと騒がしくなり、しまいには肩を揺らしてクスクス笑い始めたのである。事の真相が知りたくなった私は、柵が埋めこんであるブロックの上によじのぼり、猿の檻をのぞいてみた。何と猿は公衆の面前だというのに、股間にあるものを指でひっぱったり縮めたりして、ひとりで楽しんでいるではないか。

「あら、ま、何ということを……」

黒い四角をベタッとサルの股間に貼りたくなったが、母親たちは大喜びだった。

「キャー、やだあ」

お互い肩をつつき合いながら身をよじっていたかと思うと、乳母車をひっぱって猿の檻の前ににじり寄っていった。後ろのほうにいて、まだ何が行われているのかわからず、怪訝《けげん》な顔をしている母親には、いかにも情報通といった感じの、口の大きな母親が、

「奥さん、ククククク」

とふくみ笑いしながら、耳打ちする始末であった。

いつまでたっても母親と子供の集団は猿の檻の前から離れようとしない。子供は別の動物のところへ行きたがっているのだが、母親たちの目はひとり遊びに興じるサルの股間の一点に注がれていて、足を動かそうとしないのである。

「ママ、何やってるの、ねえ」

「おかあさん、猿が。ほら、見て見て。やらしい。おち……」

子供たちがわあわあいい始めると、母親たちは子供の口をふさぎつつ、名残惜しそうに次のオウムの檻にぞろぞろと移動した。母親はその後の猿が気になるらしく、子供をオウムの檻に追いやったあとも、ちらりちらりと猿のほうを見ていた。猿はああいうことを始めると、途中でやめることを知らないという話を聞いたことがあったので、あのままずーっとやっているのではないかと、私は余計な心配もした。ところが猿は檻の前から母親の集団がいなくなったとたんに、股間から手を離し、退屈そうにあくびをした。母と子の集団が遠くにいってしまったら、猿は寝てしまった。あんな騒ぎがあったなんて信じられないくらいの静けさだった。

「もしかしたら、猿はあの母親たちがいちばん喜ぶことを素早く嗅ぎとって、やってみせたのかもしれない」

私は人間のすべてを見すかしているような猿の顔を見ながら、ひとりで感心したのであった。

犬も誉めれば

知り合いに至急送らなければならない物があったので、いつも宅配便をたのむ雑貨屋にいくと、珍しく店が閉まっていた。その店はばあさんひとりでやっている古くて小さな木造で、店内の品物も、もしかしたら三十年前からそのまんまじゃないかと疑いたくなる雰囲気なのである。

「とうとうばあさんも、具合が悪くなったのかしら」

と近寄ってみたら、段ボール箱のふたを再利用した紙に、

「閉まっていても留守番がいますので、ガラス戸を叩いてください」

と書いてあった。ばあさんが寝込んでいたら悪いと思いつつ、ガラス戸を叩いてみたが、奥からは誰も出てこない。もういちど叩いてみたら、白くて小さなものが

こちらにやってきた。それは頭に赤いリボンをつけてもらった白いマルチーズだった。ガラス戸を叩いている私の姿を、しばらく首をかしげて見ていたが、くるっと方向転換して姿を消してしまった。

「いったい、どうしたんだろう」

と荷物を抱えたまま不安になっていたら、いつものばあさんがよろよろと出てきた。

「すいませんねえ。ちょっと昼寝してたもんでねえ」

ばあさんの口からあごにかけて、よだれが乾いた跡が見事にひと筋ついている。

「具合でも悪かったんですか」

「いーえ、違うの。きのう近所の人と夜遅くまで話しこんじゃって。今日になったら眠くてしょうがなくてね。どうせお客さんも来ないし、これに番をさせて昼寝してたのよ」

ばあさんは「これ」といいながら、さっきのマルチーズを指さした。

「あのー、留守番ってこの犬ですか」

「そうだよ」

ばあさんは事もなげにいった。

「こんな小さいのにね、手伝ってくれるの。こちらが話すことはわかるし、お客さんが来ると教えるし。なじみのお客さんには愛想をふりまくし、結構、商売にむいてるんだよ。第一、給料を払わなくていいのがいちばんいいねえ」

そういって彼女はカカカカッと笑った。

この犬、名をメリーちゃんというのだが、これまでも泥棒が侵入するのを未然にふせいだり、あんみつの缶詰を二個しか買う予定がなかったお客さんにすりすりとすり寄っていって、結局は四個買わせた実績もある。そしてそれでしらんぷりをしないのがメリーちゃんの偉いところで、それからそのお客さんがくると、ばあさんが相手をしていても奥から顔を出して、

「毎度、どうも」

といいたげに、尻尾を振るんだそうだ。私はもともとマルチーズなどの室内で飼う小さな犬は「毛虫」と呼んで、あまり好きではなかった。ただ飼い主のあとにくっついて、ぼーっと甘えるだけしか能がなく、

「何かをやろう」

という意欲に欠けているのではないかと思っていたからだ。ところが話を聞くと、メリーちゃんはそうではない。立派にばあさんを助けている。水をこぼしたときに、

「メリーちゃん、雑巾を持ってきて」

というと、台所から床雑巾をひきずってくる。夜、ちょっとでも変な物音がすると、ばあさんを起こす。電話が鳴ったり人がやってくると、ばあさんに教える。とにかく健気なのである。

「私の死に水もとってくれるんじゃないかって思ってんの」

ばあさんはまたカカカカッと笑った。私が帰るときも、メリーちゃんは一所懸命、尻尾を振って愛想をふりまいていた。ばあさんのいうとおり、客商売向きの犬だ。これだけのことをやるんだったら、メリーちゃんは死に水をとるだけではなく、喪主となって葬式までだしそうな気配すらあった。

この話を犬、猫について詳しい友だちにしたら、それはもっともだとうなずきながら、

「犬は何でもいいから仕事をまかせると、張り切るらしいよ。知らない人が来たら吠えろとかさ。だけど猫はダメなんだって。仕事をさせようとすると、嫌がって出

ていっちゃうんだって」

というのだ。そういえばうちの猫は頭数はたくさんいたが、人間が助かるというほど役にはたたなかった。空き巣に入られたときも猫一族は恐怖を感じたらしくさっさと避難してしまい、丸二日間、帰ってこなかったくらいである。もしもこれが犬だったら、同じように恐怖を感じても、それなりに吠えて近所の人に知らせることができたに違いない。

「でも、犬にも変わったのがいるよ」

友だちの母上の友人宅のマルチーズも、知らない人が来たりすると、吠えて家人に知らせるのは当たり前。奥さんが庭にいて電話が鳴っているのに気がつかないと、庭に面しているガラス戸が開いているときは走って行って洋服をひっぱり、閉まっているときは吠えながら体当たりして教える賢い犬であった。ご主人がゴルフに行くときに、

「帽子」

と命令すると、ちゃんと帽子をくわえてくる。こういうことをするとますます家族に誉められる。家族も近所の人々に自慢する。これで玉のりや輪くぐりなど、芸

のふたつかみっつを覚えれば、すぐテレビ局が取材にやってきて、ちょっとした犬の名士になれるはずであった。

ある日、この家に空き巣が入った。ところが近所の人で犬の吠えた声を聞いた人など誰もいなかった。奥さんが家に入ると、あたりにはタンスの中のものが散らばっていた。うちには犬がいるのに……と思いながら奥さんがふと風呂場の脱衣場を見たら、いつもは賢いはずの犬が、ぶるぶるふるえてモップの横にぴったりとへばりつき、白いモップと同化しようとしていたというのであった。

「人に誉められるのがうれしくて、今までは賢くふるまってたみたい。だけどその日は自分一匹しかいなかったから、ただ恐い一心でモップになりすまそうとしたらしいよ」

人間同様、動物の性格も本当にさまざまである。だから付き合って面白いのであるが。

旗振りかなぶん

夏の日の夜、家族でテレビを見ながら晩御飯を食べていると、よく頭上で音がした。箸と茶碗をもったまま天井を見上げると、そこにはぶんぶんと羽音をたてる「かなぶん」の姿があった。電球に近づいたとたん、はじかれたようにパッと離れる。まるで、

「あちちち」

といっているかのようであった。熱いのだったらやめればいいのに、「かなぶん」はいつまでたっても、電球に執着していた。大きく窓が開いているというのに、逃げようともしないでいつまでたっても家の中で、こうるさく騒いでいたのである。「かなぶん」はつかまえるのも、とても簡単だった。私たちが草むらにでかけてつ

かまえるまでもなく、夜になるとむこうからやってきた。

「つかまえてくれ」

といわんばかりの態度であった。そしていらついたようにいつまでも、ぶんぶんと羽音をたてている。それを見ていると、こちらのほうまでいらいらしてくるのだった。

「うるさいわねえ。出ていかないかしら」

母親はお盆であおぎながら「かなぶん」を追いつめ、窓から外に出そうとした。ところが「かなぶん」は手足をふんばり、天井に必死にしがみついている。学生時代、テニスの選手でならした過去を持つ彼女がふりまわす、お盆の風にもめげなかった。「かなぶん」にしてみたら、人間の家の中に入ってくるよりも、外を飛び回っていたほうがよっぽどいいはずなのに、どうして家の中にずっといるのか、小学生の私は首をかしげていたのだ。

「あっ、下に降りてきた」

母親はますます勢いよくあおいだ。「かなぶん」も抵抗するのに疲れたのか、空中を力なく飛び、私の肩にとまる。そこをむんずとわし摑みにされて、哀れ虫カゴ行きになってしまうのであった。

「動物は自分が危険だと思ったところには、近寄らないんだよ」

私は母親からそう教えられた。ところがこの「かなぶん」はその逆である。虫カゴに入れられても別にあせったようすもなく、のそのそ歩き回ったり、カゴにしがみついたりしているだけ。私にとっていちばんの間抜けな生き物は「かなぶん」だった。

つかまえた「かなぶん」はとてもきれいな緑色をしていた。背中は玉虫色に輝いていた。このまま指輪やネックレスにしたら、友だちに大いに自慢できそうな気がした。しかしよくよく見ると道端の犬のフンにたかっている金バエにも色合いが似ていて、きれいなような汚いような不可思議な生き物であった。カゴの中からつまみ出してそっと握ってみた。軽く握ったこぶしのなかで「かなぶん」はこそこそと動こうとした。それがとてもくすぐったくて、私は「かなぶん」を握りつぶさないように注意しながら、その気持ちいい「こそこそ感」を味わっていた。

「はい、おしまい」

「かなぶん」をカゴに戻し、ふと手のひらを見て私はゲーッとなった。そこには茶色の小便と大便の中間みたいなものが、へばりついていて、それがまた信じられないくらい臭いのであった。むらむらと怒りがこみ上げてきた。「かなぶん」はさっきと同じように、カゴの中を間抜けに歩いている。

「よし、お仕置きだ」

私はそばにいた弟に、

「面白いことをしよう」

といって誘い、画用紙、マッチ、はさみ、ナイフ、クレヨン、セロハンテープを持ってこさせた。いたずらをする場合、共犯者を作っておいて責任の半分を相手にかぶせるのが小学生の知恵なのである。弟はおとなしく私の指示したものを持ってきた。

「お前はアメリカと日本の小さな旗を作れ」

私がそういうと手先の仕事が好きな弟は、喜んで両国の小さな旗を作りはじめた。私はマッチの軸を細く裂き、着々と準備をすすめた。

「できたよ、おねえちゃん」

たかだか一センチ角の紙にちゃんと、星も縞《しま》もあるアメリカの国旗と、日の丸が描かれていた。

「よし、よくやった」

私はていねいな仕事をした弟を誉め、細く裂いたマッチの軸にそれぞれの国旗をはりつけた。お子さまランチの赤い御飯の上に立っている旗のようだった。

「はい、『かなぶん』ちゃん、出ておいで」

私は間抜けな「かなぶん」をつかみ、両側に生えている細い足二本に、セロハンテープで国旗がついた棒をくっつけた。あおむけになった「かなぶん」は、手足をばたばたさせた。それに応じて両足にくっつけられた日米の国旗は、ばたばたと見事に振られたのである。ニュースで見たアメリカの偉い人にむかって、日本人がしたのと同じことを、「かなぶん」はやっているのだ。私も弟もキャッキャッとはしゃいで、懸命に旗振りをする「かなぶん」に声援を送った。

「何やってんの、あんたたちは」

後ろを振り返ると、そこには目を吊り上げた母親の姿があった。

「かわいそうじゃないの。あんたたちが『かなぶん』と同じことをされたら嫌でしょ。すぐその旗をとってやりなさい！」

自分があおむけにされ、テープで無理やり国旗をくっつけられ、振らされるのはやっぱり嫌だった。私はしゅんとして「かなぶん」の足から国旗をはがしてやった。失敗して足の一本が取れてしまった。

「あああ、かわいそうに」

母親はますます目を吊り上げた。窓枠に「かなぶん」を置いても、いつまでたっても逃げずにのそのそと歩いていた。

この遊びは母親に見つかるととても怒られるので、このとき以来していないような顔をしていた。しかしあおむけになった「かなぶん」が激しく国旗を振る姿がどうしても忘れられない。そして弟とふたりして、母親にばれないように、

「くくく」

と笑いながら、夏が来るたびに何度も新しく我が家にやってくる「かなぶん」をいたぶってしまったのである。

縁の下のクリ

うちの大家さんの犬が、今年のはじめから二匹になった。大家さんに会うたびに、

「二匹で吠えるからうるさいでしょう」

と気をつかってもらうのだが、私の場合、子供の声よりも、犬や猫の鳴き声のほうが苦にならない質《たち》なので何とも思わない。それよりも住人以外の人がやってくると、いちはやくそれを察知して吠えてくれるので、防犯上とてもありがたいと感謝しているくらいなのである。

前からいる柴犬の名はクリちゃんという。小柄なメスである。クリちゃんは女性ながら、番犬として忠実に任務をこなしている。ふつう、顔見知りになると愛想をふりまくものだが、彼女は飼い主以外の人にはなつかないようなのだ。吠え方は控

え目にはなるが、

「顔は知っているけれど、この人もいざとなったら何をしでかすかわからない」

というふうに、尻尾は絶対に振ってくれない。だから、宅配便の人やセールスマンに対する吠え方など並ではなく、気の弱い人だったらば、目に涙がにじんでしまうくらいすさまじい。しかし番犬としたら、これ以上の犬はいないというくらい、忠誠心が強い犬なのである。

昨年、大家さんはそのほかに、家の中で子猫を飼っていた。生まれてまもないかわいい猫で、子供を生んだことがないクリは、その猫をとてもかわいがり、体をなめてやったり鼻先であやしたりして、まるで親子のようだった。ところが子猫は突然病に倒れてしまった。大家さん一家が交替で、猫の介抱をしていると、クリが心配そうに、外から室内を覗きこんでいることも、たびたびあったという。ところが一か月間の介抱も実らず、子猫は亡くなってしまった。大家さんももちろん落胆したが、それにもまして落胆したのがクリだった。自分がかわいがっていた、小さなかわいい生き物が亡くなってしまって、みるまにしょげかえってしまい、肩を落として食欲がなくなってしまったのだ。

クリと自分たちのために、大家さんは地区の保健所が主催した、「犬、猫の里親捜し」というイベントに行ってみた。これは薬殺される運命にある犬、猫を公開して、里親を見つけてあげようというもので、年に何回か行われているものである。ところが行ってはみたものの、猫はすべて里親が引き取ってしまったあとで、檻の中はもぬけのから。拍子抜けした大家さんが、帰ろうとしたら、犬の檻の中に一匹だけ、誰も引き取り手がないまま、ぼーっとしている犬がいた。子犬というよりもすでに成長した成犬のようにみえた。

「これだけ残っちゃったんですよ。生まれてまだ一か月半のメスなんですけどねえ」

係の人が寄ってきて説明した。その犬が一か月半に見えないくらい大きかったのは、シェパードの血をひいているせいだった。里親の心情としたら、やはりむくむくとした子犬をもらって育てたいものだ。大柄なその犬は中身が子供でも、みかけのでかさで敬遠されてしまったらしいのである。猫を捜しにきた大家さんは迷った。用はないのでさっさと帰ってこようと思えばこれたのだが、自分がこの犬を引き取らないと、薬殺されてしまう。そう考えたら、猫だの犬だのといってはいられなく

なり、子猫のかわりにその体のでっかい犬を連れて帰った。その姿を見て驚いたのはクリである。出がけに、

「クリのおともだちを見つけてくるね」

といわれたので、楽しみにしていたのに、やってきたのは自分の体よりもでかい、若い犬だったからである。

ムクと名付けられた後釜《あとがま》の犬は不安だったのか、環境に慣れるまで、むやみやたらと吠えていた。あるとき、私が何気なく大家さんの庭を覗いたら、ムクが天を仰いで吠え続けていた。その傍でクリは、きちんとお座りしながら、

「困ったもんだ」

というような顔で、ムクを眺めていた。そして斜め下をむいたかと思うと、はーっとため息をついたので、私は笑ってしまった。

クリは大家さんから、

「見慣れない人が来たら吠えなさい」

といわれていた。彼女はそれを忠実に守ってきた。ところがムクは人が来ようが来まいが、そんなことは関係なく、ただ吠えているだけである。

「あーあ、嫌になっちゃうなあ……」

クリのぼやきが聞こえてきそうであった。

ムクはシェパードの血筋が成長するにつれて顕著に現れてきて、ますます体がでかくなっていった。それにつれて自信もでてきたのか、態度もだんだんでかくなり、腹の底から声を出して、人々を圧倒するようになった。しかし様子を見ていると、不審者だと警戒して吠えているのではなく、どうも遊んでもらいたいがために、吠えているようなのである。それが証拠に、どんな人がやってきても吠えてはいるものの、ちぎれんばかりに尻尾を振っている。体がでかいし声も大きいし、後ろ足ですぐ立ち上がるから、みんなとびかかられそうな気がしてビビる。しかし尻尾は人間に対して、親愛の情を示しているのだった。最近、ムクの姿しか見かけないので、どうしたのかと大家さんにたずねたら、

「ムクはどんどん大きくなっていくけど、クリは歳をとっていくでしょう。だからいじけちゃってねえ。このごろはずっと縁の下で生活してるの。そして自分のことが私たちの話題になっているか、じっと聞いているみたいなのよね」

といっていた。大家さんが縁の下を覗きこむと、彼女ははいつくばったまま、尻

尾を振っている。御飯になるとのそのそ出てきて、終わるとまた縁の下に戻るという生活を送っている。ところが自分の任務は忘れていない。人が来ると、さっと縁の下から飛び出してきて、わんわんと吠える。ムクみたいに絶対に尻尾なんか振らない。

「さっさと出ていけ」

というような吠え方である。そしてそれが一段落つくと、またのそのそと縁の下に戻る。若い者に仕事を奪われそうになっても、がんばっている。毎日、ムクの声と共に、クリの少しかすれた声が聞こえてくる。「犬の老人問題」ならぬ「老犬問題」もなかなか大変だと、鳴き声を聞きながら思うのである。

名前の由来

「猫めくり」というカレンダーがある。飼い猫、のら猫を問わず、猫の写真を募集し、厳選された写真が日めくりになっている、なかなか楽しいものである。NHKの平野次郎氏が、飼い猫の写真を「猫めくり」に応募して採用されたときのことを、本当にうれしそうにエッセイに書いていたのを読んで、親近感を覚えたこともあった。日めくりの最後には、登場した猫たちの名前が掲載されているのだが、それを眺めていると、

「この名の由来はいったい何だろう」

と知りたくなるものが多々ある。

「ミー子」「ブチ」などはごくごく一般的である。凝った名前では洋風の場合、「セ

シジータ」「チェレスタ」「イーリス」「エクタクローム」。なんとなく高貴な顔をしているような気がする。和風の場合は「お茶丸」「亀之介」「夢吉」「とめ吉」。きりっとした短毛の和猫にふさわしい名前である。なかには飼い主の名字とは全く関係なく、「猫田うず子」「猫田もへじ」「笹原桃太郎」といった、飼い主とは違う猫専用の名字までつけてもらっているものもいる。飼い主は勝手に名前をつける。ふつうの名前ならまだしも、妙にひねった名前をつけられ、死ぬまでその名で呼ばれる動物たちは、いったいどういう気分だろうと思うこともある。

私が今までいちばんビックリした名前は、「ガス人間第一号」である。場所はどこだったか忘れたが、ブチの雑種の犬が繋がれていた犬小屋に、

「『ガス人間第一号』のおうち」

とマジックで黒々と書いてあった。きっとあのブチは長ったらしい名前を省略されて、

「ガス、ガス」

と呼ばれているのに違いない。

冬場、うちに迷いこんできた猫は、カゼをひいて鼻水を垂らしていた。そこで私

は、

「『鼻水垂之進』にしよう」

と提案したのだが、家族の猛反対にあって却下され、「チビ」という無難な名前になってしまった。

「どうして鼻水垂之進じゃいけないの」

と反撃したのだが、母親の、

「あんただって、そんな名前つけられたら嫌でしょ」

というわけのわからない理論でまるめこまれてしまったのである。それから他人は動物にどういう名前をつけているのか、気になるようになってしまったのだ。

ポチ、タマなど、名前を見ただけでどんな動物かがわかってしまう、古典的な名前もあるが、人間の名前をつけているのも割合に多い。テレビで見た動物園のツキノワグマはアケミちゃんといった。生まれた子供をかわいがる優しいお母さんであった。やんちゃな子象はナツコちゃんといった。彼女たちのしぐさをみていると、アケミもナツコも違和感がない。というよりも、人間の名前をつけることで、ますます身近に感じられるくらいだった。

母親の友だちにも、猫に「茂」「栄子」と名前をつけている人がいた。かれこれ二十年も前のことである。子供がいないために、この二匹は実の子供のように育てられ、

「茂ちゃん、栄子ちゃん、ごはんよ」

と声をかけると、奥からのんびりと猫が登場し、座卓の前に置かれた座布団の上に、きちんとお座りをする。初めてその姿を見た人は啞然《あぜん》とするのである。表札にも名前が書いてあるので、よく小学生用の図鑑を扱うセールスマンがやってきた。

「どうぞ、お宅のお子さんに」

と勧める相手に対して、彼女は、

「うちの子は学校にいってないんですよ」

といって猫を指さすと、相手は、

「はあ……」

と首をかしげながら、みんな後退りして帰っていったという。当時はまだ犬、猫に人間の名前をつけるというのは、それほど普及していなかったので、近所からもその夫婦は変わり者と思われていたそうである。

私の友だちの家の猫は「タンちゃん」というシンプルでかわいい名前なのだが、この名前は深い意味がある。タンちゃんはそば屋さんの前に捨てられていたのを、帰宅途中のお父さんに発見され、家に連れてこられた。

「これはお父さんが拾ってきた猫だから、自分で名前をつける」

お父さんがそういってきかないので、友だちもお母さんもそれに従った。スリムなきれいなメスだったので、お父さんは「ジュリエット」と命名した。お母さんに、

「あーら、意外にロマンチストなのね」

などといわれて照れながらも、お父さんはジュリエットをかわいがっていたのである。

ところがひと月ほどたったある日、友だちが何気なくジュリエットの後ろ姿を見ていたら、股間にくっついているものがある。不思議に思ってもう一度、よーく確認した結果、ジュリエットは実はオスだったということが判明したのであった。

「いったい、どうするの」

友だちは、お父さんを問い詰めた。すると彼は、

「お前がどっちかわからないようなものを、持っているからいかん」

とジュリエットに文句をいい始めた。そしてしばらくぶつぶついっていたかと思ったら、突然、きっぱりといい切った。

「よし。おまえは短小だから『タンちゃん』」

「……」

この命名に関して、友だちはあっけにとられて全く口を挟めなかった。その場にいなかったお母さんに、

「どうしてタンちゃんなの」

と無邪気にたずねられても、友だちは、

「さあ。かわいい名前だから、別にいいじゃない」

とごまかすしかなかった。ここで真実をうちあけたら、またひと悶着《もんちやく》起こるのは、目に見えていたからである。それからその猫は、名前の由来を知る人にも知らない人にも、「タンちゃん」と呼ばれてかわいがられている。しかし名前の由来を知っている私は、友だちの家にいくと、確認のため、ついつい「タンちゃん」の股間に目がいってしまう自分を、押さえることができないのである。

グルメな鳥たち

子供のころ、引っ越しが多かった私の家では、犬や猫が欲しくても、おいそれとは飼えなかった。のら犬や迷い猫をしばらく預かったりしたことはあるのだが、やっぱりきちんと自分の家族の一員として、生き物を飼いたかった。こちらが話しかけたら、やはりそれに反応してもらいたい。そういう私たちの気持ちを満たしてくれる生き物は、散歩もさせる必要がなく、隣近所に迷惑をかけない、鳥しかいなかった。他の動物に比べて手軽に飼える鳥は、うちにはなくてはならない存在だったのである。

鳥カゴの中にきれいな水と餌と菜っ葉をやっておけば、毎日、

「ピッピ」

とかわいらしく鳴いてくれる。一人前にあくびもする。飼い主の私たちを見ると、止まり木を横歩きして、すり寄って甘える。うれしそうなときは本当にうれしそうな顔をするし、不満があるときはぷいっとそっぽを向いたり、意外に図々しかったり、あんな小さな頭の中にも、いろいろな感情が渦巻いているのかと思うと、いじらしい反面、とても不思議な気がしたのであった。

うちで飼っていた十姉妹、文鳥、インコは餌に関しては、とてもうるさかった。一日一回、鳥カゴから出て遊ぶことより、餌のほうが楽しみだったようである。近所にはAとBの二軒のペットショップがあった。ふだんはA店で餌を買っていたのだが、その日はたまたま臨時休業だったので、B店で餌を買った。私たちにはどちらの餌も同じ、ただの「鳥の餌」に見えるのだが、うちの鳥たちは、そのふたつのペットショップの餌に対して、明らかに差をつけていたのである。

Aの餌だと、

「待ってました」

とばかりに食らいつく。ところがBのほうだと、

「ピッピ」

と喜んでとびついて、ガッとくちばしをつっこみ、餌の粒をつまんだとたん、うれしそうにピンと上がった尻尾に勢いがなくなり、

「ピー」

とも鳴かなくなってしまう。無言で餌入れから離れ、止まり木にとまったまま、私たちにむかって、訴えるような目つきをするのだ。

「せっかく買ってきたのに。食べないの」

と一所懸命勧めても、餌入れに近づこうともしない。

「買ってきたばかりだから、食べなさい」

何度、説得しても、鳥たちは止まり木にとまったまま動こうとしない。体中から、

「不満」

という二文字を発散させていたのである。それを見ていた母親は、横から、

「ぜいたくをいうんじゃありません。それしかないんだから」

と叱った。すると鳥たちは餌入れのふちにとまり、くちばしを入れて頭を左右に振りながら、中に入れてある餌をそこいらじゅうに、散らかし始めたのである。

「まあ……」

母親はびっくりして、鳥たちのヒステリーを眺めていた。まるで自分の食べたいものが食卓に出てこないので、食卓の上の食べ物をすっとばしてしまう、聞き分けのない子供と同じだった。あっけにとられている私たちを後目《しりめ》に、鳥たちは餌のほとんどを散らかすと、止まり木に戻って「ふん」と横をむいていた。

「ピーちゃん、チビちゃん」

と声をかけると、ちらっとこちらを見るものの、

「あんたたちなんか、知らないよ」

というようなそぶりである。思い通りの餌をもらえないと、飼い主に対してすごく冷たい態度をとるのであった。

「他に食べるものがなければ、気にいらなくても食べるわよ」

母親も、いちいち鳥の機嫌をとっていられるかといって、意地を張っていた。私と弟は両者の間に挟まれて、

「困ったねえ」

とため息をついていたのである。

ところが母親の考えは甘かった。

「お腹がすけば、何でも食べる」

と、たかをくっていたのだが、うちの鳥たちは根性がすわっているというのか、意地っぱりというのか、一日たっても、二日たっても、

「まずい餌は、絶対、食べない」

という態度を貫いたのである。相変わらず、体中から、

「不満」

の文字を発している。水を飲みながら、冷たい目でこちらをちらっと見る。そしてばたばたとはばたきしながら、

「ビービー」

とうるさく鳴く始末であった。

「それしかないの」

を連発していた母親だったが、鳥たちのかたくなな態度に根負けし、

「もう、あんたたちには負けた……」

とつぶやいて、夜だというのにA店まで餌を買いにいくハメになった。

母親が餌を買って帰ったとたんに、鳥たちは、

「ピッピッピ」

と、うれしいときのかわいい声を出した。現物をまだ見ていないのにである。餌入れを取り出す間も、かわいい声を発しながら小躍りしている。そして待ちに待ったおいしい餌をもらったとたん、頭を餌のなかにつっこんで、がつがつと食べ始めた。鳥カゴをのぞきこんでいる私たちに対しても、彼らはやたらと愛想をふりまき、昨日、おとといとは全く違う態度なのだ。

「どっちがまずいかおいしいかなんて、ちっともわからない」

母親は鳥の餌を、ひとつまみずつ食べながら、何度も首をかしげていた。私と弟はがつがつといつまでも餌を食べている鳥たちを眺めながら、

「こいつらにも味覚があるのか」

と、母親と同じように首をかしげてしまったのである。

台風一過

今年は本当に台風の当たり年だった。ふだん旅行しない私が、意を決して遅い夏休みをとったのに、ふだんの行いが災いしたのか、台風と一緒のうれしくない旅行だった。二十五年ぶりに友だちの住む瀬戸内海の島に行ったのに、フェリーが欠航になりそうだという連絡がはいった。そこであわてて予定を繰り上げて広島に戻り、最終日はホテルの部屋に、丸一日、缶詰めになってしまったのである。地方で台風にでくわすと、

「台風って結構すごいんだなあ」

と思う。帰りの新幹線の中からは、屋根以外が泥水につかってしまった二階建の家や、まるで引き裂かれたようになっている木を見た。山々の木は真横になぎ倒さ

れていたし、

「あら、大変」

とのんびりかまえていられないくらい、すさまじい状況だった。しかし東京にいると、あまりそういう実感はない。寝ている間に過ぎ去ってくれれば、今はそれほど実害がないからである。

子供のころは、台風が来るとなると、ラジオや懐中電灯、ろうそくを準備し、雨戸を閉めてじっとしていた。私は台風が来るといつも、うちのぼろっちい借家は、あっという間にふっとんでいくのではないかと、心配でならなかった。あまりに心配なので、うちで飼っていた、手のり文鳥のピーコちゃんのそばにいって、

「心配しなくて大丈夫だよ」

などといったりした。そういうとちょっと私の気が楽になりそうだったからだ。ところがピーコちゃんは、別になにも心配していないみたいで、止まり木にとまって目をしょぼしょぼさせながら、こっくりこっくりと船をこいでいた。庭で犬を飼っている子は台風が来ると、ポチやジョンを玄関に入れた。なかには座敷に新聞紙を敷いて、犬を座らせている子もいた。犬はうれしさいっぱいで尻尾を振りながら

も、目はきょときょとと、落ち着きがなかったものだった。

ものすごい風と雨は続き、

「いつかうちの屋根は、飛んでしまうんじゃないか」

と布団の中にはいっても、しばらくドキドキしていた。ピューピューという風の音や、ふだん聞いたことがない雨の音が聞こえるたびに、布団のなかにもぐり込んだ。ところがいつの間にか眠ってしまい、ふと目がさめると次の日の朝になっていて、青い空が広がっていた。学校へ行く途中の道には、ドブからあふれた、わけのわからないヘドロみたいなものが、すさまじい臭いを発していて、

「くさい、くさい」

と騒ぎながら、鼻をつまんで走って通った。同級生の家のトタン屋根が見事にふっとび、お父さんが腕組みをしながら、見上げていることもあった。物置が倒壊したり、池があふれて、鯉や金魚がどこかに流れていってしまった家もあった。そんな光景を目にしながら、うちのボロ家が健在だったのは、奇跡ではないかと私はよく思ったものだった。

登校するとクラスに何人か、台風難民がいた。土地の低い所に住んでいたので、

床上浸水の被害に遭い、教科書、文房具がすべて水浸しになってしまったのだ。小学生として大切なものを、すべて失ったのである。彼らはからっぽのランドセルだけを背負って、うつろな目をしてやってきた。雨や風の音を聞いているだけでも、とても不安になったのに、自分の家に水がどんどん入ってきたら、やっぱりうつろな顔になってしまうだろうと思った。そういう子たちは、新しく教科書が届くまで、隣の子に見せてもらっていた。

「洋服も全部だめになっちゃった」

というので、みんなで持ち寄ってあげたこともあった。かわいそうだと思う反面、自分はこうならなくてよかったと、内心ホッとしていた。台風は東京の子供にとっても、当時は怖いものだったのである。

私が旅行先で台風に遭遇した一週間後、また台風がやってきた。外出していた私は帰り道、うちの近所ですさまじい雨に降られた。まるで水のカーテンのようだった。下半身が水浸しになってしまった私が、早足で帰ろうとしていると、道路の端に小さなものがぽつんといる。何だろうと思ってそばに行ってみると、それはスズメであった。ところがそのスズメは私が近寄っても逃げようとしない。どうしたのかとしゃがんでみたら、かわいそうにそのスズメは、立ったまま死んでいたのである。あまりにすごい雨だったため、見ているだけでショック死してしまったのか、それとも雨粒のあたりどころが悪かったのか、さだかではないが、スズメは天を仰いでカチカチに固まっていた。

「あーあ、運が悪いなあ」

あんなにたくましいスズメが、大雨で死んでしまうのは、かわいそうなことであった。

「もしかしたら死んだように見えたけど、仮死状態だったかもしれないし、そうだったらあとで気がつく可能性もある」

と思いながら歩いていたら、今度は私の目の前を十五センチほどの黒い固まりが、いくつも通り過ぎていった。

「なんだ、こりゃ」

と近寄ってみたら、何とそれはヒキガエルであった。雨に打たれるのもものともせずに、十匹ほどが道路を渡っていく。ピョンピョンと跳ねるというほどの元気なものではなく、ずるずると地べたをずっていく、といったほうがいいような姿であった。

彼らは雨が降ってあわてている、というよりも、雨が降ったので、うれしくて出てきてしまったという感じである。しかしふつうの道路を、何匹ものヒキガエルが渡っていく光景は、なかなかすごい。ホラー映画の一場面みたいでもあった。こんな静かな住宅地のどこに、これだけのヒキガエルが隠れていたのだろうと、首をかしげるほどだった。しかし近所には大きな池などないし、道路を渡っても家が立ち並んでいるだけである。雨を体に浴びがてら、家の庭から庭に移動するヒキガエルの心理は、いまひとつ私には理解できなかったのである。

深夜に台風は吹き荒れ、翌日は晴天になった。その日も外出する予定だったので、昨日と同じ道を駅にむかって歩いていった。すると道路には、おびただしい数のヒキガエルの轢《れき》死体《したい》が転がっていた。カラスが喜んでそれを突っつき、女学生や子供たちをパニックに陥《おとしい》れていた。東京の人間にはそれほど影響がない台風であるが、都会の動物たちにはまだまだつらい試練の場なのだなあ、とつくづく感じたのであった。

悲恋

人と会うと、どういうわけだか虫のすく奴と、すかない奴がでてくる。これは人間に特有のものだと思っていた。ところが動物を飼ってみると、彼らにも虫のすく奴と、すかない奴がいるようなので、驚いたことがある。うちのメス猫のトラにもちゃんと好みがあった。さかりの時期に家の外で、

「おわあ、おわあ」

とオス猫の呼ぶ声がする。すると、

「にゃあ」

と短くぶっきらぼうに返事だけして、知らんぷりしているときと、

「にゃーん」

ととってもかわいい返事をして、ぱっと外に出ていくときがあった。私と母親と弟は、トラの返事の違いがいったい何なのか、カーテンの陰からそっとのぞいていた。

そっけなくされたのは、体がものすごく大きく、顔が不細工で声が悪い、うちで勝手に「ぶよ」と命名していた猫だった。ころころとしているのならまだかわいいが、ぶよぶよに太っている。それでも性格がよければいいのに、人間にいじめられ続けたのか、ひねくれていた。母親が更生させようと、

「ぶよちゃん、こっちにいらっしゃい」

と何度声をかけても、さーっと逃げていってしまう。お腹がいっぱいなのかと思っていると、私たちの目を盗んで、テーブルの上の焼き魚をくわえていくのだった。それを見ていたのか、さだかではないが、トラは「ぶよ」をとても嫌っていた。さかりがついた猫でも、手当たりしだい誰でもいいというわけではなく、トラは「ぶよ」がいくら、

「おわあ、おわあ」

と甘ったるい声で呼んでも、

「ふん」

とそっぽをむいていた。一方、

「にゃーん」

とかわいい声でお返事していた相手は、近所でも有名な美男猫だったのである。

その猫はオスながら、スタイルの良さからうちでは「コマネチ」と命名していた。すらっとしている白と黒のブチである。顔立ちもキリリとひきしまり、どことなく高貴な雰囲気を漂わせていた。粗野が売り物の「ぶよ」と、お坊ちゃん風の「コマネチ」は、明らかに正反対のタイプだった。そしてトラはお坊ちゃん風の「コマネチ」を選んだのである。

トラにすげなくされても、「ぶよ」は熱っぽく、

「おわあ、おわあ」

と呼び続けていた。あまりにしつこいので、トラが嫌がって、私の後ろに隠れてしまうこともよくあった。

「トラちゃんは、あなたのことが嫌いだっていってるよ。だからあきらめてちょうだい」

「はい、さよならね」

母親と弟は、ただでさえぶすっとした顔の「ぶよ」にいい含めていた。トラは、

「あとはよろしくお願いします」

というような態度で、私の背後で小さくなっていた。説得にもかかわらず、相変わらず「ぶよ」はつきまとっていた。

「いったい、どうなるのかしら」

私たちは興味津々で、猫の三角関係の成り行きを見守っていた。しかしトラが「コマネチ」の子供を生んだ直後、「ぶよ」がその子を襲撃して殺してしまい、それ以来、「ぶよ」は姿を消してしまったのである。

私の友だちはロスアンゼルスの郊外に住んでいるとき、白い「チャリ」という名の、去勢した猫を飼い始めた。地元の新聞で「子猫あげます」の広告を見て、自転車で貰い受けにいったので、「チャリ」と命名したのである。まわりが緑に囲まれている場所だったので、「チャリ」は日中は外にでていた。ところが昼間はのどかでも、夜になるとコヨーテが出てきて、よく猫が襲われることがあったので、彼女は夕方になると大声で「チャリ」を呼び、コヨーテの餌食にならないように気をつ

けていたのである。

ある日、いつもと同じように、「チャリ」を呼ぶと、のこのこと草の陰から出てきた。すると、後ろから赤い首輪をつけた、一匹のキジトラの猫がついてきた。このまま放っておくわけにはいかないので、彼女は一緒にその猫も家に連れて帰り、翌朝、

「夜はコヨーテが出るので、外に出さないほうがいいです」

と手紙を書いて、キジトラの赤い首輪にくくりつけ、家に帰してやった。

翌日の朝、玄関のドアを開けると、そこには昨日のキジトラが座っていた。その姿を見ると「チャリ」は走り寄ってきて、顔をこすりつけ、

「グルルン」

と声を出した。するとその猫もうれしそうに、グルグルといい返している。キジトラの首輪には手紙がつけてあった。それは飼い主からのもので、昨日の手紙の御礼と、猫が去勢済みで「エフィ」という名前であることが書かれていた。「エフィ」は毎日、「チャリ」のところにやってきた。それから二匹は連れ立って、外に遊びにいく。そして夕方になると二匹が仲良く帰ってくるのが習慣になったのだった。

ところが半年ほどたって、彼女は日本に帰らなければならなくなった。「エフィ」の飼い主には、赤い首輪にくくりつけた手紙の伝言で、

「チャリと一緒に日本に帰ることになったので、もうエフィとは遊べなくなりました」

と連絡し、彼女が引っ越したあとに家を借りてくれる友だちにも、赤い首輪をしたキジトラの猫がきたら、よろしくいっておいてといい残して、日本に帰ってきたのである。


その後、ロスアンゼルスの友だちからの電話で、エフィが毎日、玄関の前に座って、「チャリ」を待っていたことを知らされた。

「チャリは日本に帰ったよ」

といっても、毎日、毎日やってくる。結局一か月間通いつめて、「チャリ」が家のなかから出てくるのを、じっと待っていたというのであった。「逢うは別れの始め」というけれど、猫の世界にも、それなりに哀しい別れがあるのである。

犬道的配慮

私は動物が好きだが、たまに、

「この野郎！」

と、どなりつけたくなることがある。動物というのは、賢いようでちょっと間抜けなところがかわいい。人間みたいにあくどくないところが、いいのである。ところが先日、そのあくどい犬に出会ってしまった。出会ったといっても、私は姿を見たわけではない。声だけだったのだが、私は今までに動物に対してこんなに腹を立てたことがないくらい、怒りがこみ上げてきたのである。

夜七時ごろ、私はアパートに帰るため、近所の住宅地を歩いていた。たまたまいつも通る道が工事中だったので、少し遠回りをすることになった。車一台がやっと

通れるくらいの狭い道路を歩いていると、小さな空き地の隣に木造の家があった。そしてその前を通ったとたん、

「ワワワワン！」

とすさまじい犬の吠える声がした。またこの声が大きいのなんの。私は思わず、

「どひゃー」

と叫んで、まるで赤塚不二夫の漫画みたいに、地面から六十センチくらい、飛び上がってしまったのである。

「ガルルル」

犬の荒い息づかいが聞こえる。

「ウー」

といつまでも唸っている。あまりに大きな声だったので、私の耳はじんじんしてきた。

犬の唸り声を聞きながら、私は、

「犬の風上にもおけない奴だ」

と怒ってしまったのである。

今までも犬に吠えられたことはある。飼い主に忠実な犬は、不審な人には必ず吠えるものである。それは仕方がない。そういう犬の場合、不審な人物の気配を感じると、まず、

「ウー」

と小さく唸る。

「もしもうちに来たら、吠えたるで」

といっているのではないかと思う。だからこちらも、どんな暗闇でも、

「犬がいるんだな」

とわかる。吠えられても心づもりができるのである。しかしあの犬は違った。近づいても、

「ウー」

のウの字もいわない。鼻息すら聞こえない。犬小屋があるのならまだしも、その家はブロック塀の中に、にわとり小屋らしきものをはめこみ、そこで犬を飼っている。ブロック塀の間に緑色のフェンスがあるな、とは思ったのだが、まさかそこに犬まではめこまれているとは気がつかなかったのである。そんな場所で、突然、す

さまじい声で、犬に吠えかかられたら、誰だって私みたいに、反射的に飛び上がってしまうだろう。ちびりそうになるというのはまさにこのことであった。

このやり口は、闇夜の辻斬りと同じではないか。

「もっと近づいたら、吠えるぞ」

という、人間に対する犬道的配慮が欠けている。

「こいつは知らない奴だ」

と思ったとたんに、カーッときてしまったのだろうか。高血圧の犬だったのかもしれないが、番犬としては最高でも、あんなふうではひとりの泥棒をつかまえるまでに、千人の人間をびびらせてしまう。

「あんな人間をだますような性格じゃ、誰にもかわいがってもらえんぞ」

私はあまりのショックで、腰をがくがくさせながらアパートに帰った。

翌日、いつも歩きなれている道を歩いていたら、一匹の犬が門扉につながれて呆然としていた。その犬はたしか、門扉のある家の向かいの犬だ。ロープがほどけてちょっとお散歩してくるはずが、お向かいの門扉のでっぱりにロープがからみつき、そのままつながれてしまったらしいのである。家には人がいる気配がない。犬にはからまったロープをほどく知恵はないのか、困ったような顔をしながら、ふんふんとからまった部分の匂いをかいだりしているだけである。私はその犬にはいつも、

「こんちは」

と挨拶をしていた。ちょうど門の奥に犬小屋があり、いつもそこから顔を出していた。しかし引っ込み思案な性格なのか、こちらをじっと見るだけで、特に愛想をふりまくことはなかったのである。

「ま、それも仕方ないことだわさ」

と私は鷹揚《おうよう》にかまえていた。しかしいくら挨拶が一方通行だからといって、今回は黙って通り過ぎるわけにはいかない。飼い主が気がつくまで、この犬はこのままずっと門扉に、つながれたままになってしまうからだ。

私は、

「困ったねえ」

といいながら、犬に近寄った。犬は警戒するふうでもなく、じっとしている。しかしまだ尻尾はだらりと垂れたままである。私はかがんで門扉にからまったロープをはずした。犬は私の手元をのぞきこんでいる。

「はい、もう大丈夫だよ」

犬はずるずるとロープをひきずって、向かいの自分の家に帰っていった。

またその翌日、駅前に買い物に行くために、きのうと同じ道を歩いていた。だんだん門扉につながれてしまった犬の家が近づいてきた。門のところには犬が寝そべっていた。

「おお、元気か」

いつものように、声をかけた。すると今まで何の反応も示さなかった犬が、私の顔を見上げて、はたはたと尻尾を振るではないか。まるで、

「きのうはどうも」

といっているかのようであった。

「そうか。覚えておいてくれたか」

私は妙にうれしくなって、頬がゆるんでしまった。

「とってもいい奴だ」

と思った。それに較べて、あの闇夜の辻斬り犬の根性の悪いこと。性格のいいこの犬を連れていって、爪の垢《あか》でも煎じて飲ませてやろうかと思った私なのであった。

地震が来たら

大地震が起こるといわれてずいぶんになるが、人間はもちろん、動物にとって地震はどういうものかと思うことがある。たとえば大家さんの犬は、震度三程度の地震があると、必ず、

「ウオーン」

と小さな声で心細げに何度も鳴く。まるで、

「変だよう、こわいよお」

といっているかのようである。すると御近所の犬たちに次々とそれが伝染し、心細げな、「ウオーン」の大合唱になり、それは地震が収まるまで、延々と続く。足元が揺れていると、不審人物が現れると果敢に吠えかかる犬も、不安になるらしい

のである。

うちで飼っていたインコのピーコは、地震が来ると大騒ぎをした。その前に飼っていた文鳥のチビは、地震が来る二、三秒前に鋭い声で鳴き、ばたばたと羽ばたいた。

「どうしたの」

と腰を上げたとたん、グラッときたのも一度や二度ではなかった。これが一週間前にこうだったら、地震予知能力がある文鳥として世の中のお役に立ったのに、二、三秒前というのが、ちょっと情けない。しかし二、三秒前でも地震を察知したチビは、うちでは、

「賢い奴」

という評価を受けていたのだ。

ところがピーコのほうは、地震が来るとカゴを抱えてもらうまで、ただただ、

「ピーコちゃん、ピーコちゃん」

と自分の名を連呼する。なまじことばを覚えたために、ものすごくうるさいのであった。こちらはガスの元栓を閉めたり、いろいろ点検することがあるから、

「はいはい、今、行くから」

といいながら、ついつい後回しになってしまう。するとピーコはしまいには、とっても情けない涙声になって、

「ピーコちゃん」

とつぶやいて止まり木の上でうつむいてしまうのだった。

「あー、また悲しくなっちゃった」

私たちはそのあと三十分以上かけて、ピーコちゃんの御機嫌をとらなければならなかったのである。

同居していた猫一家の総勢十三匹は、地震が来てもぼーっと絨毯《じゅうたん》の上に寝そべっていた。それは私たちが地震が来ても知らんふりをしているときで、震度四くらいのときに、

「ガスの火を点検しろ」

「風呂場はどうだ」

「ドアと窓を開けろ」

などと、大騒ぎをしていると、猫たちも焦るようになった。最初、彼らはばたば

たしている私たちを、不思議そうな顔をして見上げている。ところが彼らも、

「何か、大変なことが起こったらしい」

と感じるのか、ニャーニャーと鳴きながら、私たちのあとを小走りについてくる。

「ほら、もたもたしてるとえらいことになるよ。家がつぶれたら、あんたたちもぺっちゃんこになるんだからね」

母親がそういうと、彼らは目をまんまるくして、さっきまで寝ていたところに集合する。そして、点検を終え、

「ずいぶん揺れるわねえ」

と、電灯を見上げている私たちの周囲を、十三匹がギャオギャオ鳴きながら、一団となってぐるぐる回り続けているのだった。

「大丈夫だから、鎮まれ、鎮まれ」

そういわないと、いつまでたっても興奮は覚めず、必死になって目を吊り上げている。いくらぼーっと寝ているといっても、飼い主があわてていると、飼われているほうも、不安がつのるようなのだ。

「私たちはどうなっちゃうのかしら」

という気持ちが、部屋の中をぐるぐる回る、不可解な行動にかりたてたのかもしれない。母親のほうはそんな猫一家を見ながら、

「何かことがあっても、あんたたちじゃ役に立たないわねえ」

とため息をついていた。猫がひとつ物が持てるとしたら、十三匹いるから十三個のものが持ち出せる。後ろ足で立って歩いてくれれば、口と前足とで一匹につき二個持てるわけである。日ごろから、

「あんたは食べ物、あんたは水」

などと持ち出し分担を決めておき、地震が起きたらさっとその物をくわえて、外に逃げるようにしつけておけば安心だった。

「雨が降ってきたことを教えるより、こっちのほうを重点的にやっとけばよかった」

と悔やんでいた。ただでさえ地震のときに逃げるのは大変なのに、私たちは地震が来ても、飼っている動物たちを連れて逃げるのが精一杯で、必要なものなど持ち出せないだろう。

「みっともないなあ」

弟もため息をついた。私たちの頭の中には、避難場所である小学校の体育館に到着した自分たちの姿が浮かんできた。周囲の人々は頭には頭巾をかぶり、背には乾パンや飲料水を入れたデイ・パックを背負っている。避難に必要なものが、準備万端、整っている。ところがうちは猫十三匹、ハツカネズミ二十四匹、モルモット、セキセイインコを連れての避難である。他の人たちは炊き出しのおむすびが来るまで、乾パンでしのげるけれど、私たちには何もない。食用にはならない猫やネズミやモルモットを抱いて、おむすびが来るまでひもじい思いをしなければならない。それより先に、彼らの餌をなんとかしなければならない。これではあまりにトホホではないか。

「大地震が来たらどうしよう」

私たちは飼っている動物たちを見ながら、怯えていたが、大地震は来ないまま、動物たちはあの世にいってしまった。今は自分たちだけが逃げればいいのだから、ずいぶん気が楽になった。母親は家の中に動物がいないとつまらないので、また飼いたいといっている。

「一匹飼ったら、またもう一匹。そうなったら最後、二匹以上はみな同じ」

ということになり、また大所帯になるのは目に見えている。大地震が来たら、避難の折りに私たちの想像どおりの展開になるに決まっているので、私と弟は、

「やめといたほうがいいんじゃない」

と必死に、ブレーキをかけているのである。

魔法をかける猫

猫好きの人と話をすると、必ずといっていいほど、

「以前は猫なんか嫌いだった」

という。私もどちらかというと、嫌いなほうだった。子供のころに小鳥を飼っていたので、縁側の鳥カゴを狙ってやってくる猫は、憎き敵だった。足音もたてず、突然に襲いかかって小さな鳥をくわえて逃げていく。猫の姿が庭の隅にあると、追い払ったことが何度もあった。猫はずる賢くて、どうしようもない動物だと思っていたのである。

ところが猫のほうは、もともと私たちが動物が好きだというのを見抜いていたのか、夕食時になると、勝手口にきちんとお座りして、餌をもらいにくるようになっ

た。母親が怒って、

「このあいだ、チビをとっていったのは、あんたじゃないの。あんなことをする子には、御飯なんかあげない！」

と文句をいった。

「そうだ、そうだ」

みんなで知らんぷりをして御飯を食べていても、猫はじっとそのままの姿勢を崩さずに待っている。横目で様子をうかがうと、何となく、

「どうも、すいませんでした」

とあやまっているようにも見える。たらーっとした態度だったらば、

「意地でも御飯なんかやりたくない」

と思うのだが、まるで置き物のようにいつまでもきちんと座っていると、どうも具合が悪い。せっかく相手が反省しているのに、こちらが意地悪をしているような気になってくるのだ。

私たちは御飯を食べながら、頭のなかで勝手口に座っている猫の心理状態を、あれこれ探っていた。

「うちに来たら、怒られるのは決まっているのに、それなのにやってきた。よっぽどお腹がすいているのに違いない。チビが取られたのは悔しいが、この猫がひもじい思いをしているのも……」

ちらりと猫のほうを見ると、きちんと座ったままだった。

(かわいそうだなあ)

そう思ったら最後、私たちは自分のおかずを少しずつ供出して、猫にやらざるをえなくなった。そして結局は、

「これから御飯をあげるから、鳥はとっちゃだめ」

という約束が、双方でなされたのである。

御飯を猫がおいしそうに食べてくれると、どういうわけだか憎しみは、だんだん消えていった。

「自分がやったものを食べた」

というのは、とてもうれしいものなのだ。

「もしかしたら、猫っていい奴なのかもしれない」

このようにして、私は猫好きへと変わっていったのだった。

　先日、友だちと、犬と猫とどっちがえらいかという話になった。ふたりとも猫のほうが好きだから、犬には気の毒だが、やはり猫のほうが立派という結論に達した。犬嫌いだった人が急に犬好きになったという話はあまり聞かない。しかし、猫嫌いが猫好きになったという話は山ほどある。猫は犬のように尻尾を振らないし、愛想がよくない。目つきはきついし、爪でひっかくし、鳴き声も不気味と猫嫌いの人はいう。

「何を考えているのか、わからない」

　というのだ。

　私も猫を飼う前は、同じことを考えていた。しかし飼ってみると、猫は想像以上にかわいらしい動物だった。飼い主には爪をたてることはないし、精一杯、愛想をふりまく。気ままだから、こちらが遊んでほしくても、「ふん」と無視されることもある。正直いって、「くそっ」と腹が立つことはあるけれど、それはそれで許せてしまうのだ。

　猫を見慣れていると、犬は何だかとてもかわいそうになってくることがある。一所懸命に尻尾を振っているのを見ると、

「どうしてあんなに、人間にへいこらしなきゃならないんだろう」

と気の毒になる。たしかに泥棒が来ると吠えて追い払ったりする能力はあるが、頭の造りが「単純」という感は否めないのだ。

「それは違います」

ある人が「猫のほうがえらい説」に反論してきた。うちの犬は人間にへいこらしないというのである。その犬は二代目で、先代は犬の鑑《かがみ》というべき、立派な性格だったという。朝、出勤しようとすると、どんなに暑くても寒くても、雨の日も風の日も、さささっと小屋から走り出てきて、

「どうぞ、お気をつけて」

といいたげに、きちんとお座りをする。そして飼い主の姿が見えなくなるまで、じっと見送っていたという。まるで明治男のような犬だったのである。ところが二代目はその血を分けた息子だというのに、全然、似ていない。晴れている日は、いちおう挨拶には出てくる。しかし雨が降ったりすると、犬小屋にじっとうずくまっている。冬場など、餌を食べている姿以外、見たことがないというのである。

出勤の際、犬小屋にむかって、

「いってくるよ」

と声をかけてみたことがあった。しかし犬は出てこない。もう一度、

「いってくるよ」

といってみた。それでも出てこない。頭に来た彼が、犬小屋の前に仁王立ちになって、

「出かけるぞ」

と怒鳴ってみた。すると小屋のなかに丸まっていた犬が、鬱陶《うっとう》しそうに頭を上げ、そのままの姿勢で尻尾を、二、三回左右に振った。そして再び、寝てしまったというのである。

「犬だって、人間にへいこらしているばかりじゃありません」

犬好きの彼は、必死に犬の弁護をしているつもりだったようだ。しかしそんな犬を見て犬嫌いが犬好きになるだろうか。自分の都合しか頭のなかにないその犬も、なかなかいいキャラクターではあるが、嫌いを好きにかえてしまう、不思議なパワーがある猫のほうが、やっぱり私はえらいと思うのである。

妻をめとらば

以前に書いた、私が勝手にブタ夫と名づけた猫の、その後についてである。ブタ夫の飼い主は、上品ないかにも武蔵野夫人といった風貌の人である。ふつう近所のおばさんというのは、でかけるときはともかく、家にいるときはとんでもない格好をしているものだ。紺色に茶の花柄のシャツの上に、黄色と赤のだんだら縞のベストを着て、下半身は息子がはかなくなった、紺のジャージを身につけていたりする。しかしブタ夫の飼い主の夫人は、家の前を掃除するときでさえ、ヨシノヤのベージュの中ヒールを履いている人なのである。そんなときブタ夫は、フニャフニャいいながら、足元にまとわりついて愛想をふりまいている。私には地の底からわき出るような声で返事をするくせに、彼女に対しては、よくもあんな声が出せると、呆れたくなるほどの、甘えた高い声を出すのであった。

甘えられたほうの夫人は、箒《ほうき》を手にしたまま、

「あらまあ、そんなに甘えて。チャーリーは困った子ねえ。ほほほ」

などという。私みたいに片手を上げて、

「よお、ブタ夫。元気か」

と声をかけるのとは大違いである。ブタ夫は上品な女性が好みで、私みたいなガラっ八は嫌いなのかもしれない。しかしふだん接することが少ないタイプだから、好奇心だけはあり、私の姿を見ると、

「変な奴」

と思いながら、ぼーっと見ていたのだろう。上流階級で育った子供が、野蛮人を見て恐ろしいが好奇心を抱くのと同じようなものである。私はブタ夫と仲良くしたいと、つねづね思っていたのだが、何となく彼が私とは一線を画したいようなそぶりをみせていたので、私は彼の意思を尊重し、しつこく追いまわすのはやめていたのであった。

ひと月ほど前に、ブタ夫の家の門扉の下半分に網が張られた。

「うちのかわいいチャーリーが、このごろ、年をとってるんだか、若いんだかわからない、おかっぱ頭の変な女の人に話しかけられたりしているの。だから、あぶないから外に出すのはやめようと思うのよ」

武蔵野夫人がそのように夫にいい、網を張った可能性もある。ブタ夫と私は他の猫ほど、親密な関係ではなかったが、相手がこちらに興味を持っているのはわかった。それでなければ、いくら地鳴りのような声とはいえ、私にむかって声なんかかけてこないはずだからだ。

「私は猫と会うことさえも、許されないのね」

これからは門扉ごしに会わなければならないのかと思うと、ちょっと悲しくもあったのだった。

それからその門扉の前を通るたびに、

「ブタ夫はいるかしら」

と横目で捜したりしていたのだが、姿は見かけない。

「外に出ると、あぶない人がいるから、チャーリーは家のなかにいなさい」

と飼い主にいい含められたのかもしれない。ブタ夫はあの夫人のいうことなら、フニャフニャいいながら、何でも聞いてしまいそうだった。御近所を歩いていると、ピンク色の首輪をしたアメリカン・ショートヘアの、チビが走り寄ってきた。ころころと太ったかわいい奴である。いつものとおり、頭を撫でてやると、満足したように自分の家に帰っていった。

「ブタ夫はどうしているのかなあ」

会っても別にチビほど交流があるわけではないが、どうも気になる。

「もしかしたら、具合でも悪いのかしら」

元気そうなブタ夫の大きな顔を思いだしながら、私は網の張られた門扉を眺めていたのだった。

ところがつい最近、ブタ夫がぼーっと門扉の手前にたたずんでいた。

「ブタ夫、元気だったか」

金網越しの再会だった。ブタ夫はぶにゃぶにゃと私の顔を見上げながら何事かいう。これはとても珍しいことである。

「どうしたの」

今度は横を向いてぶにゃぶにゃ鳴いた。すると庭木の陰から、真っ白いきれいな猫がすっと姿を現し、ブタ夫の横に寄り添うではないか。

「あんたのお嫁さんなの」

妻のほうは私とは初対面のため、何となくこちらを警戒していたが、妻をめとったブタ夫は、男としての自信がついたのか、でかい顔で堂々としていた。よく男女はお互いにないものを求めるというけれど、猫もそうなのだとつくづく感心した。ブタ夫が選んだ妻は、自分とは違う、本当にきれいな顔だちの猫だった。身のこなしから品がただよっている。ブタ夫がまた、ぶにゃあと鳴くと、今度は白地にぶちの子猫が二匹、庭木の陰から走り出てきた。そのぶちも、キジトラのブタ夫の毛皮を、雲型に切り抜いて、白地にはりつけたみたいで、二匹の子供であることは一目瞭然だった。今まで姿を見ないうちに、ブタ夫は一家の主人になっていたのであった。

ただただ驚いている私の目の前で、かわいい子猫たちはじゃれ合い、美しい妻は伏し目がちにおとなしく座っていた。ブタ夫は、

「どうだ、すごいだろう」

といわんばかりのでかい態度であった。気のせいか、前足にも力がみなぎってい

るように見えた。

「わざわざ紹介してくれたの。ありがとね」

　ブタ夫はいつまでもいばっていた。

　かつてみかん箱のベッドのなかで、股を開いて口を半開きにしていたブタ夫は、今ではマイホーム・パパになってしまった。外を出歩いている姿を見たことはない。彼はいつも門扉の内側で、子猫や妻と一緒にいる。エネルギーがあり余っている子猫に、背後から飛び蹴りをされても、怒ることなくじっと耐えている。尻尾をうまく動かして、じゃれつかせたりもしている。そして美人の妻は一歩下がってその姿を眺めている。

「ブタ夫も幸せになってよかった」

　と思いつつ、私はブタ夫がどうやってあの美人妻をものにしたのか、知りたくてしょうがないのである。

写真自慢

うちで飼っていた動物の話を書くと、

「猫のトラちゃんたちの写真はないんですか」

と聞かれることがよくある。

「写真は撮ってないんですよね」

というと、不思議そうな顔をされることが多い。

「動物を飼っている人は、みんな自分の家の動物の写真を撮っているのだとばかり思ってました」

といわれてしまったのである。

私は猫の写真集には、ほとんどといっていいくらいに興味がない。猫は動いてこそいいのであって、いくらかわいい顔をしていても、写真ではちっとも面白くないのである。

今まで見たなかで、いいと思うのは武田花さんと、吉田ルイ子さんが撮った本。そして「猫めくり」くらいで、あとの写真集は、私にとってはどうでもいいものなのだ。

最近はどうだかしらないが、私が二十代のころは、早々と結婚して出産した友だちが、自分の赤ん坊の写真を年賀状にして送りつけてくることが多かった。これほど迷惑なものはなかった。

「ダイスケは一歳半になりました」

などと書いてあるのだが、私は赤ん坊のてかてか光った、つやのあるブタまんじゅうみたいな顔を見ても、

「かわいい」

とも何とも感じなかった。それよりも図々しく自分の子供の写真を送りつけてくる神経を疑っていた。それも年に一回だけならともかく、暑中見舞いも赤ん坊の写真入りである。年賀状では暖かそうなセーター。暑中見舞いではお洒落なアロハを

ブタまんに着せて、季節感を演出しているのだが、彼らは季節の挨拶よりも自分の子供の自慢をしたいがために、はがきを出しているのであった。

「夫婦で勝手に喜んでいりゃあいいのに、他人にまで押しつけないでもらいたいもんだ」

私はいつも二、三通はやってくるそれらの写真入りのはがきを手にすると、お年玉つき以外は、真っ先にごみ箱行きにしていたのだった。ああいうのは許せないと、意見の一致をみている私と女友だちは、

「押しつけがましくて、鬱陶《うっとう》しいったらありゃしない」

とみんなで文句をいっていた。ところが、女友だちは、自分の家で犬や猫を飼っていて、赤ん坊には冷淡だが、自分の家の犬や猫を同じくらい溺愛しているのである。

あるときそのなかの猫を飼っている人から、電話がかかってきて、

「うちの猫の写真を、猫のカレンダーに応募するから、送る前に写真をチェックしてくれない」

という。彼女の飼っているのは真っ白くてとてもきれいな猫である。体も大きく

て性格もよい。

「採用されたら、掲載料の代わりに三部くれるんだって。そうしたら絶対あなたにも贈呈するわ」

とやる気まんまんなのだ。

翌日、私は彼女のところに行き、写真を見せてもらった。写っている猫はおっとりとこっちを見ていたり、あくびをしていたり、緊張している様子などみじんもない。

「小細工すると、ウケ狙いみたいであざといじゃない。だから私は自然な姿で勝負しようと思うのよ」

どれもこれも猫の性格のよさがにじみでているような写真であった。

「実はね、とっておきのがあるの」

彼女はにたっと笑いながら、奥から写真パネルを持ってきた。何とそこにはまるで生き物とは思えない、単なる毛皮の固まりが写っていた。それはこの白い猫が、猫松状態になった写真であった。猫松というのは、腹這いになった猫を後ろから見ると、中央に胴体の大きな山、左右に足の部分が盛り上がり、まるで松のようにみえるから、猫松というのだそうである。ところがこの猫は真っ白いために、よくよく見ないと、一体何なのかちっともわからないのであった。

「ねえ、まるでゴルビーがかぶってる、帽子みたいでしょ」

そういわれれば、色は違えど形はそっくりである。

最初、普通サイズでプリントしてもらったのだが、あまりにこれがよく撮れてしまったので、彼女は近所の写真屋さんに行って、引き伸ばしてもらうことにした。二倍くらいの大きさになればいいと思って注文したのに、写真を取りにいったら、ものすごくばかでかいものが出来上がっていた。

「こんなに大きいのはたのんでいません」

というと、店のおじさんは、

「私も猫が大好きでね。この写真はこのくらい大きくしないとつまらないでしょ。お金はいいです。おまけしときます」

という。そのうえ自分が撮った猫のアルバムまでみせてくれたのだそうだ。

「その猫がみんな不細工なのよ。でも本当のことをいったら悪いから、『まあ、かわいい』って誉めておいたわ」

どんな不細工な猫でも、飼い主は自分の家の猫がいちばんかわいいと思っているから、他人に、

「ひどい顔」

などといわれると、自分のことをいわれた以上に頭にくるものだ。飼い主はお互いにそれがわかっているから、

「まあ、かわいい」

といって、その場をとりつくろう、暗黙の了解が出来上がっているのである。

「応募規定があって、写真は何枚でも送っていいんだけど、一枚、一枚、裏に住所と名前を書かなきゃならないの」

送るばかりになっている写真の裏には、全部に住所と名前が書いてあった。

「会社から帰って、全部をやり終わるのに、夜中の三時までかかっちゃって、自分でもちょっとバカだと思ったわ。子供の写真を送りつけてくる夫婦と同じよね」

彼女はおみやげとして私に「ゴルビーの帽子」の写真の普通サイズのものをくれた。今、私の机の前には、ゴルバチョフ来日記念として、こちらに尻を向けた「ゴルビーの帽子」の写真が、貼ってあるのである。

ドライブはお好き？

外国では犬を車に乗せるなど、当然のように行われている。タクシーの運転手さんでさえ、飼っている犬を同乗させ、助手席は犬の席と決まっているという話も聞いたことがある。キャンプに行ったり、買い物に行ったり、犬は家族の一員である。最近、日本でもそのような姿を見かけるようになって、車に犬が乗っていると、

「どんなふうにしているのかしら」

とついつい犬の顔をのぞいて見ることがあるのだが、どの犬も嫌がることなく、結構うれしそうにしている。窓から体を乗り出して顔面に風を受け、ものすごく喜んでいるものもいる。そんなことをしたら、風で目の玉が乾いてつらいのではないかと思うのだが、そんなこともものともしていない。そして渋滞にひっかかって、長

い間、車が止まっていると、さも退屈そうに、ぼわーっと大あくびをしている犬もいて、なかなか面白いのである。

私が小さいころの話だが、隣の家で飼っていたピーターという名前の犬が、その家のお姉さんと一緒にドライブに行くことになった。

「すごいなあ。まるでアメリカの犬みたいだ。かっこいいなあ」

みんなにすごいすごいといわれて、ピーターも出発前は尻尾をばんばん振って、張り切っていた。車に乗り込むとき、ちょっと尻込みしたので平気かしらと思ったのだが、お姉さんが、

「走り出せば、大丈夫よ」

といい切った。車を買ったら犬を乗せて走りたいというのが、彼女の夢だったのである。無事ピーターも助手席に乗り込み、私たちは、

「いってらっしゃーい」

と手を振って、お見送りした。夕方、お姉さんたちが戻ってきた。

「おかえりなさーい」

みんなでお出迎えすると、お姉さんの顔がとても暗い。どうしたのかと思ったら、

ピーターが途中で酔ってしまい、大騒動だったというのである。

「あー、まいったなあ」

お姉さんは、ピーターを抱きかかえて車から降りてきた。

「大丈夫？」

駆け寄ってピーターの顔を見たら、今まで見たことがないくらい、ものすごく情けなさそうな顔をしていた。そしていちおうは尻尾を振っているものの、力強さは全くなく、体中からトホホホという雰囲気が漂っていたのである。犬は犬なりに、マズイと思ったのだろう。それからピーターは絶対に車に乗ろうとはしなくなり、隣の家族全員がドライブに行くときでも、じっとお留守番をすることになってしまったのである。

ある人は、犬を車に乗せてから、とっても利口になったといっていた。その犬は雑種で、名前をポチといった。ところが彼はいまひとつ聞分けがよくなかった。この家では、

「捨て犬だったし、雑種だから仕方がない」

と半分、あきらめていたのだそうだ。ところが先日、夫婦で車で出かける用事が

あり、ポチも一緒につれていこうということになった。子供たちは、

「酔うからやめたら」

と止めたのだが、彼女は酔ったときの準備として、バスタオルやビニールシートやらを持ち、ポチを車に乗せて出発したのである。いざ乗せてみたら、彼は酔うどころか、窓に前足をかけて、外の景色を見ている。

「ポチ、気持ち悪くないね」

と彼女が声をかけてふと下を見ると、彼は尻尾をばたばた振って、大喜びしているというのであった。

往復四時間、ポチはおとなしく外の景色を見て、バスタオルやビニールシートのお世話にならなくても済んだ。

「よかったねえ、酔わなくて」

と夫婦で話をしていたのだが、その翌日から、ポチの態度がころっと変わり、信じられないくらい、いい子になってしまったのである。

犬小屋の前で、でろーんとしていたのが、ちゃんとお座りもするようになった。餌を食べるときも、がむしゃらにむしゃぶりつくこともなくなり、「おあずけ」と

いうときちんと待っている。今までは散歩をしても、ちっとも飼い主のいうことをきかずに、あっちこっち気ままに歩き回ったり、突然、走りだしたりしていたのに、勝手にうろうろすることがなくなり、ちゃんと道路の端を歩くようになった。そして飼い主の顔を時折見上げながら、

「これでいいでしょうか」

といいたげに、様子をうかがうようになったというのだ。

「あんなにいい子になるなんて、思わなかったわ」

彼女は大喜びしていた。たった一度、ドライブに連れていってもらっただけで、どうしてそんなにころっと犬の態度が変わるのか、私には全くわからない。話を聞いた限りでは、ポチにとってドライブはものすごく楽しい出来事だったのだと思う。だから、

一、飼い主のいうことを聞いて、いい子にしていれば、また連れていってくれるのではないか、と期待している。

一、人間でも新しい経験をすると、ひとまわり人間が大きくなるというから、それが犬にもあてはまり、気ままだったポチもドライブを体験し、

「これまでの僕は、いけなかった」

と景色を見ながら反省した。

以上、ふたつの仮説が立てられるが、ポチに聞かないと、いったいどっちが正しいのかはわからない。しかし態度が変わったということは、ポチに、

「今まで自分は、とってもいけないことをやっていた」

という意識があるということだ。これはちょっと驚きだった。

ポチの飼い主である彼女は、

「行儀のよくない犬は、車に乗せるに限る」

と近所の奥さんたちにいった。それを聞いた奥さんたちは、車に犬を乗せて買い物に行ったりしたが、なかには素行が直るどころか、酔ってぐったりした犬も出てきたため、この説は現在、町内で物議をかもしているらしいのである。

死んでも離さない

年配の人のひとり暮らしには、動物を飼うといいそうである。その第一の理由として、寂しさをまぎらわせ、話し相手になるという利点があるようだ。たしかに年をとって、周囲に誰もいなくなったときの寂しさというのは、今の私などが想像しようと思っても、容易に想像できるものではない。それが動物を飼うことでまぎらわされるのなら、それでいいのかもしれないが、あまりに動物に自分の気持ちをいれ込みすぎると、とんでもない結果になるような気がするのである。

私の知り合いから聞いた話だが、六十代前半の女性が、セキセイインコを一羽、飼っていた。彼女は三十歳のときに、幼い子供が二人いる男性のところに後妻に来たのであるが、結局、自分の子供は持つことはなかった。幼かった二人の子供も、結婚して次々に家を出ていき、ほっとしたのもつかの間、舅《しゅうと》と姑《しゅうとめ》と同居することになった。そしてしばらくして、舅が亡くなった。自分の両親も亡くなり、姑も亡くなった。そしてこれから夫婦二人で、静かに暮らそうとしていた矢先に、夫も亡くなった。彼女はマンションにひとりきりになってしまったのである。子供とはいっても、血のつながりがないために遠慮があったのか、内気な彼女は彼らの家に遊びに行くこともせず、日々の買い物にでかける他は、じっと部屋のなかに籠っていたのだった。

あるとき、彼女はたまたま駅前のペットショップでインコのヒナを見つけた。頭が大きくてずんぐりしていて奥目で、妙にかわいい顔をしている。彼女は喜んでヒナを買ってきた。ピーコと名前をつけて、毎日、餌をやって溺愛していた。すべてピーコ中心で、まるで我が子のように扱っていたのだが、ピーコは寿命が来て死んでしまった。すると彼女は、

「ピーコと別れるのが辛い」

といって、亡骸《なきがら》を冷蔵庫のフリーザーにいれたまま、ずっと冷凍保存しているというのであった。

「どひゃー」

さすがの私も、その話を聞いてぞっとしてしまった。たしかに彼女は気の毒な部分もある。同じような立場になっても、ざっくばらんな性格の人だったら、血のつながらない子供であっても、気にしないで付き合うこともできたのだろうが、遠慮がちな人だという話であるから、そういうこともできなかったのだろう。しかし亡くなった動物の体を、フリーザーに冷凍保存する感覚には、びっくりした。その事実を目撃した私の知り合いも、腰を抜かさんばかりに驚いて、

「動物はやっぱり土に返してあげたほうがいいから、そんなことをしていると、いつまでたってもピーコは成仏できないよ」

と一所懸命に説得した。ところがいくらいっても、彼女は、

「ピーコと別れたくない」

といってさめざめと泣くばかりであった。ふつうに考えると、フリーザーのなかでかちかちに固められているよりも、体は腐っても土に返ったほうが、よっぽどいいと思うのだが、彼女はとにかくピーコの原形がなくなるのが嫌だといってきかない。

「動物のお墓もあるし、そこまでしなくても、野原か公園の木の根元にでも埋めて、お花でも供えてあげたら」

とあれこれ提案しても、首を縦に振らないので、知り合いの人もあきらめて、

「好きなようにしたらっていって、帰ってきた」

と困りはてている様子であった。

たしかに飼っていた動物が亡くなるのは悲しいものである。私も亡くなった動物の姿は今でも思いだす。そして、

「あのときは手をひっかかれた」

などと、どうでもいいようなことばかりが頭に浮かび、

「あいつは面白い猫だった」

とつぶやいたりするのである。ところがなかには、思い出だけではなく、剝製《はくせい》にしてその姿を残しておく人もいるらしい。私もテレビで、飼っていた犬や猫を剝製にして応接間に置いている人を見たことがあるが、それは私から見ると、異様に薄気味が悪くて残酷な代物だった。

「こんなことをして、犬や猫が喜ぶのだろうか」

と怒りたくなった。ありがた迷惑とは、こういうことではないかと思ったりもした。

もしも私が猫を飼っていて、それが亡くなったときに、

「剝製にしませんか」

といわれたとしても絶対にやらない。お金を貰っても嫌だ。死んだ体に鞭打つような気がするからだ。しかし世の中には、いろいろな考え方の人がいるから、飼っていた動物を剝製にしても、

「これでいつもポチと一緒にいられるわ」

とうれしくなる人もいるのだろう。動物の飼い方は人それぞれだから、他人がとやかくいう問題ではない。だけど友だちの家に遊びに行って、

「これがこの間、亡くなったジョンなの。剝製にしてもかわいいでしょ」

とかいわれて、人形ケースを指さされたりしたら、逃げて帰ってしまうと思う。私にとっては一緒に暮らした動物を、死んでもそのままの姿で残すなんて、ホラー映画よりも薄気味悪いことなのである。

動物が嫌いな人よりも、動物が好きな人のほうが、より動物に対して残酷じゃな

いかと思うことがある。自分は動物好きだという自信や傲慢《ごうまん》さが、知らず知らずのうちに動物を傷つけているのではないかと不安になることもある。動物好きな人は優しいというのは嘘である。動物が好きだが、性格の悪い奴に私はたくさん会った。寂しいから動物を飼うという動機にも、首をかしげる。結婚と同じで自分の気持ちを、きちんとコントロールできない人は、他の生き物と暮らしたって、あまりうまくいかないのではないだろうか。相手の気持ちも考えずに、自分の気持ちばかりをまぎらわせてもらおうとすると、ろくなことにならない。そう思い始めるとだんだん自信がなくなってくる。そして私は一生、動物に対して申し訳ない飼い方しかできないような気になってしまうのである。

噂好きの猫

先日、テレビで「日本猫の尻尾はなぜ短いのか」というテーマを放送していたので、チャンネルをまわしてみた。昔、猫は尻尾の長いのが一般的だったのが、猫は歳をとると人間の言葉を理解するようになり、そのうち長い尻尾が二つに分れて、人間を化かすといわれるようになった。いわゆる猫股である。それで尻尾の長い猫は猫股になりやすいから敬遠され、尻尾の短い猫が珍重されたらしい。うちの母親も尻尾の長い猫は、ちゃぶ台のそばを歩くと、尻尾の先で台の上を撫でるのでよくないといっていた。うちにいたトラ一族はみんな尻尾が短く、母親は、

「こういう猫がいちばんいいの」

と飼い主の欲目で、トラ一族を誉めたたえていたのである。

番組を見て驚いたのは、昔の人々が、

「猫は歳をとると人間のことばを理解する」

といっていたことである。長屋のおかみさんや、八っつあん、熊さんも、飼い猫の「たま」が歳をとるにつれて、恐ろしいくらいに人間のことばを理解するのを見て、かわいいと思う反面、内心、薄気味悪がっていたのだろう。

十年ほど前のことだから、今はもういないだろうが、当時、私の実家の近所の八百屋さんでメス猫を飼っていた。母親とふたりで買い物にいったとき、何気なく店の奥をみたら、店から部屋に入るあがり框《かまち》に、真っ白い小柄な猫が、ちんまりと置き物のように座っていた。

「あっ、猫がいる」

と声をあげたら、おばさんは、

「ええ、これはもう化け猫なんですよ」

と困ったような顔をした。シロという名の小柄な猫は、その家の息子さんが生まれる前から飼われていて、二十五年も生きている、お婆さんだったのである。

シロはふだんはずっと、家の奥の座敷で寝ている。長寿のお祝いとして、おばさんが小さな紫色の縮緬《ちりめん》の布団を縫ってやったら、それがとても気に入って、日がな一日、その上で寝ている。ところが、そのシロがふっと起きることがある。それは猫好きのお客さんが店にきたときである。別に寝ているのを起こしもしないのに、どういうわけだかお客さんが猫好きだと察知すると、あがり框に座って、

「私を紹介して」

といいたげに、じっと待っているという。知らん振りをしていると、苛立《いらだ》ったように、

「ニャア」

と鋭く鳴いて自分をアピールする。その声に負けたおばさんや息子さんが、シロを抱き上げて、

「二十五年、生きている猫なんですけど」

とお客さんに紹介する。そうしてもらうとシロはやっと納得して、座敷にひっこむのであった。

「はいはい、わかりましたよ」

息子さんがシロを抱きかかえて見せてくれた。私は今まであんなにきれいな、

神々《こうごう》しい猫を見たことがなかった。体はとても二十五年生きていたとは思えないくらい、銀色と白の間のような、ものすごくきれいな毛並みをしていた。目はほとんど見えず、うさぎのような赤い目だ。品のいい顔をしていて、私が、

「きれいだねえ」

といって体を撫でてやると、おとなしく声のするほうに顔を向けていた。

「はい、おしまい」
二、三分ほど体を撫でまわしたあと、息子さんがあがり框にシロを置いてやると、彼女はそのまま奥にはいってしまい、二度と出てこなかった。食事は一日におちょこ一杯のおかゆだけ、という話を聞くと、まるであの猫は仙人ではないかという気になってきたのである。
「でも、どうして化け猫なの」

母親がたずねると、おばさんは、

「だって、噂話が大好きなんだもの」

と笑っていた。婆さん猫のシロがいちばんの喜びとしているのが、町内の噂話だというのだ。

あるとき、おばさんと息子さんが、食後、お茶を飲みながら、雑談をしていた。傍らには、紫の座布団の上で丸まって寝ているシロがいる。話をしているうちに、話題は町内の噂になった。

「団子屋のおやじが、どうも浮気をしているらしい。相手は隣の駅前の飲み屋の若い女の子という話だ」

などといってふと横を見たら、さっきまで寝ていたはずのシロが起きてきて、耳をぴんと立て、二人の話をふんふんとうなずいて聞いていたというのであった。

「何やってんの、あんたは」

とシロにいったら、寝ぼけたような素振りで、紫の座布団の上に戻って丸まってしまった。そのときはそれほど気にとめていなかったのだが、それから町内の噂話をするたびに、死んだように眠っていたシロがむっくりと起きてきて、耳をそばだてて話を聞いていることに気がついたのである。

わざと噂話をしたこともあった。最初は、

「明日は晴れるかねえ」

というたわいもない話である。そしてシロの姿を横目で見ながら、

「魚屋さんの息子、高校に受かったのはいいけど、裏口だったらしいわよ」

「電気屋さんの夫婦は、どうやら離婚するらしいね」

などといいながら様子をうかがっていたら、今まで寝ていたシロがふっと起きてきて、いつものようにそばに寄ってきて、片耳をぴんと立てて、ふんふんと話を聞いていたというのだ。

「まったくねえ。噂話をしているときだけそうなんですよ。いったいあんな話、聞いてどうしようっていうんですかねえ」

息子さんも首をかしげていた。私と母親は帰り道、ああいう化け猫はすきを見て家を抜け出し、町内の猫が集会を開いているときに、御隠居さん的立場で登場し、

「うちの飼い主が、あんたんとこの夫婦は、別れるんじゃないかっていってたよ」

と、年下の猫たちに、町内の人間情報を教えているのではないか。そして情報収集の方法などを伝授しているのではないかと話し合った。シロの尻尾が長かったかどうか、私の記憶はさだかではない。

こんなの、アリ？

十五年くらい前、私が実家で弟と母親と、台所のテーブルでチャーハンを食べていたときのことである。もぐもぐと口を動かしながらふとテーブルの上を見ると、私の目の前を御飯粒が移動していく。何だろうともう一度よく見たら、それは誰かがこぼしたチャーハンの御飯一粒を、小さな蟻がかついで、テーブルの上を歩いているところだった。私は弟と母親に、

「ほれ」

と目の前を歩いている蟻をスプーンで指し示した。

「あら、まあ、御苦労さんだこと。お土産に炒《い》り卵でもあげようかしら」

母親は自分の皿から、炒り卵の小さな固まりをすくって、蟻の目の前に置いた。

すると蟻は御飯粒をかついだまま、卵にも興味を示し、なんとなくこれも持っていきたそうな素振りであった。

「じゃあ、僕は玉葱《たまねぎ》をやろう」

今度は弟が自分の皿から、みじん切りになった玉葱を供出した。

「やっぱりチャーハンの具を、ひととおりあげたほうがいいんじゃないの」

という母親の提案で、私たちは人参だのじゃこだの、チャーハンの具を少しずつ取り出し、働き者の蟻さんにあげたのであった。ところが最初は、目の前のチャーハンの具に興味を示していた蟻ではあったが、周囲を見渡して自分がどういう場所にいたか、やっと気がついたらしい。今までかついでいた御飯粒まで放り投げて、すさまじい勢いで逃げていった。私たちは、

「あらあら」

と、必死になって走り去る蟻の後ろ姿を見送っていた。

「蟻さーん、忘れものですよ」

という母親の声に振り返ることもなく、蟻はいずこともなく、姿を消してしまったのであった。

土が少なくなって、蟻ともあまり交流がなくなってきたが、ついこの間、久々に蟻が私の部屋に姿を現した。かつて実家に現れた蟻は方向音痴で、単独で迷いこんできたと思われるが、だいたい蟻は集団でうごめいている。仕事をしなければと机にむかったら、一面に小さくて黒い蟻がわさわさと歩いていたのだが、やはりこういう光景にはギョッとするものがあった。私の部屋はアパートの二階にあり、風を通すために窓はいっぱいに開け放していたものの、網戸はちゃんと閉めていた。どうも外壁をつたって、網戸の小さな隙間から入りこんできたらしいのだ。

私は息で蟻を吹きとばし、本を置くスペースを作ろうとした。ところが敵は、はいつくばって私の息攻撃から身をかわし、机にへばりついている。机の上に手を置けば、すかさずよじのぼってくるわ、それを払い落としたら、今度は爪先から足の付け根にむかって這い上がってくるわで、いらいらしてたまらない。しかしここでシューッと虫よけスプレーで蟻を全滅させられないのが、我ながら困ったところだ。うちから出ていってくれればいいので、彼らの全滅は望んでいないからである。スーパーマーケットに行って、蟻を退散させるようなものはないかと探しても、どれもこれも「蟻殺し」ばかりであった。なかには餌だと思って巣に持って帰ると、巣の中で毒に変わって蟻を全滅させる、蟻にしてみればとんでもない代物まで売られていた。そこに私の求めているものはなく、仕方なく私は手ぶらで帰ってきたのだった。

ぎょっとする数の蟻に机を占領された私は、蟻対策に頭をめぐらした。まず考えたのは、甘い物でつる方法である。飴や砂糖をアパートの外壁にガムテープで貼りつけて、そこに蟻をひきつけようと思ったが、家の中の蟻だけではなく、外を歩いている蟻までが外壁を上ってきたら、大事になるので、これはやめにした。次に頭に浮かんだのは、以前、奥さん向け雑誌に載っていた、

「瓶に輪ゴムをはめておくと、蟻が瓶に上ってこない」

という投書である。私は試しに輪ゴムを机の上に置いてみた。するとどういうわけか蟻の大多数が、わらわらと輪ゴムの周囲に集まってくるではないか。蟻は輪ゴムが苦手なのではなく、どうも好きらしい。むしゃぶりつくもの、動かそうとするものなど、ともかく輪ゴムに対して、異常なくらい興味を示したのである。

「このまま蟻が、輪ゴムに集まってくれたら、追い出すのも簡単かもしれない」

そう期待したのだが、全部の蟻が輪ゴムに集まることはなく、残りの少数の蟻は

うろうろと机の上をさまよっているのであった。

会社にも総務部、広報部、営業部があるように、蟻の社会にも分担があり、全部が全部輪ゴム担当になるわけにはいかないのだろうが、お菓子の屑《くず》、甘い物などない私の部屋では、他の蟻たちも戦利品が見つからずに難儀しているようであった。何もないことがわかったのなら、さっさと帰ればいいのに、彼らは五日続けてやってきた。五日も通えば何もないのが十分わかるはずなのに、それでも何かを求めて、せわしなく机の上を歩きまわっている。ふと見ると、なかには輪ゴムにくらいついたまま、息絶えている蟻までいた。無意味な殉職であった。

本、原稿用紙、ボールペン、サインペンの上をしつこく歩きまわっていた蟻であったが、一週間ほどしたら、ふっと姿を消した。あれだけいたのが嘘のように、消え失せてしまった。相変わらず窓は開け放していたのに、一匹の姿も見えない。うちには戦利品がないので見限ったのは理解できるが、この割り切りのよさには驚くものがあった。興味のある対象にはさぐりをいれ続け、自分たちに利益がないと見るや、さっさと手を引いてしまうなんて、やはり会社組織のようである。蟻は突然、団体で姿を現したかと思うと、これまた突然、一斉に姿を消してしまう、不思議な

生き物である。きっと蟻同士が相談して、

「そろそろ、ひきあげよう」

という相談がまとまったのだろうが、あの黒くて小さくて頑丈な蟻の思考回路はいったいどうなっているのか、怠け者の私には知るよしもないのであった。

カメは万年

魚関係のペットショップの店頭に、「スッポンの子、一匹二千五百円。二匹お買い上げの方は、二匹で三千五百円」という張り紙がしてあり、その下に小さな水槽が置いてあった。のぞき込むとそこには二匹のスッポンの子が、のたのたと歩いていた。スッポンなんて鍋の中でぐつぐつ煮えているのしか知らない私は、二匹買うとダンピングしてしまう悲しい性《さが》のスッポンの子を、ついつい眺めてしまった。他にもゼニガメ、ミドリガメが売られていたが、さすがに子供とはいえ、スッポンは他のカメより凶暴のように見えた。ちっこいくせにあの独特な形の頭をぐいーっとのばし、

「おれはスッポンだ」

と誇示しているかのようであった。いくら二匹だとダンピングするとはいえ、こんなものを飼ってどんどん大きくなり、寝ているうちに嚙みつかれていたりしたら、目もあてられない。それにいい歳をした独身女が、カメ二匹を大切に飼っているというのも、ちょっと問題があるような気がする。私は、

「おれはスッポンだ」

といばっている彼らを後に、

「こんなの買う人がいるのかなあ」

と思いつつ、その場を立ち去ったのであった。

小学生のとき、ミドリガメを飼うのが流行《はや》ったことがある。飼っているミドリガメのタロウを教室に連れてきて、自慢する男の子まで出てきた。彼はお母さんに反対されたのだが、タロウをシャツのポケットに隠して、連れてきたのだった。机の上に置くとタロウはのそのそと歩きまわった。短い手足をぱたぱたさせ、口を真一文字に結んで歩く、タロウの姿はなかなかかわいいものだった。

「こうすると面白いんだぜ」

彼はタロウをひっくり返した。私たちがじっと見ていると、タロウは、

「えらいこっちゃ」

という雰囲気で、すぐ首をぐいっとのばし、体を半回転させて、元の体勢に戻った。そして何事もなかったかのように歩き始めた。

「すげえなあ」

「なっ、すげえだろう」

彼はまたタロウをひっくり返した。しかしそれにもめげずに、タロウは体を半回転させて元どおりになった。

「おれも、やりたい」「私も」

かわいそうに、何度ひっくり返されても、半回転して元に戻るのがばれてしまったタロウは、私たちガキどもに、何度も何度もひっくり返された。元に戻るたびに私たちの拍手を浴びたものの、拍手が彼の元気づけになるわけでもなく、タロウはそのうちに力尽きて、あおむけになったまままぐったりしてしまったのである。あわてたのは飼い主である。自分が率先してやったくせに、

「タロウが死んだら、お前たちの責任だ」

と涙目になって絶叫した。私たちはタロウが死んだ責任をとらされたらかなわな

いと、そろりそろりとその場を離れようとした。そのときひとりの子が、

「平気だよ。カメは一万年生きるって、おばあちゃんがいってたぞ」

といった。私たちはそれを聞いて何となくほっとした。そしてカメ騒動は先生の知るところとなり、それ以来、我が小学校ではミドリガメ携帯禁止令が出されたのである。

私も彼の真似をして、ミドリガメを飼ったことがあるが、一週間で死なせてしまった。ところが私の友だちが飼ったカメは、十年以上生きていた。大学生のとき彼女の家に遊びに行ったら、カメは小さな水槽にいれられて、廊下の隅にじゃまくさそうに置いてあった。最初は体長五センチくらいの、かわいい子だったのに、体長が二十センチにもなってしまい、そのうえ、横からみると甲羅側と腹側、両方に肉が盛り上がった、どらやき状態の肥満体型になっていた。それだけでなく、甲羅の亀甲のひとつひとつにも隆起がみられ、甲羅に無数のこぶができているようにもみえた。そこにいるのはカメと知りつつも、

「何じゃ、こりゃ」

といいたくなるような、奇怪な生き物と化していたのである。

「いろんなものをたくさん食べたもんだから、こんなになっちゃったの」

友だちはため息をついた。そのカメは身動きもせずに、私たちを横目でじろっとにらんで、貫禄を見せていた。

彼女のお母さんが冷蔵庫のドアを開け、中からプリンを取りだして、ばたんと閉めた。そのとたん、今まで死んだみたいにじっとしていたカメが、ものすごい勢いで立ち上がった。そして水槽の壁に両前足をつき、ぐわっと大口をあけたまま天を仰いでいるではないか。そしてその姿勢を何分もくずさないのである。私はただびっくりしていた。それを見たお母さんは、

「本当にいじきたないんだから」

と憎々しげにいい、ドッグ・フードの缶詰と割り箸を持ってきた。そして中身を割り箸でつまんで、カメの口の中に落としてやると、カメはそれをがつがつと咀嚼《そしやく》し、途中でやめると、手足をばたばたさせて、

「もっとくれ」

と催促しているのであった。当初は塩抜きしたシラスなどをやっていたのだが、動物の世話係のお母さんが、たまたま犬が残したドッグ・フードを、ミドリガメに

やってしまったのが間違いのもとだった。ドッグ・フードの味を知ってからというもの、カメは淡白な味のものを食べなくなったのである。食べ残したドッグ・フードは冷蔵庫にいれられ、カメの餌になる。だからドアの開閉の音がすると、自分にも餌がもらえると頭にインプットしたカメは、音がするたびにばっと起き上がって、準備万端整えて待っているようになってしまった。

「化け物みたいで気持ち悪いから、石神井公園の池に置いてきちゃおうかと思っているの」

お母さんは自分のまいた種とはいえ、心底、奇怪な姿になったミドリガメのことを、嫌っているようだった。「カメは万年生きる」と喜ばれるものだが、長生きしても全然喜ばれないカメもいるということを、私はこのとき知ったのだった。

心の隙間うめます

うちの弟がマンションを購入してやっと実家を出ていった。三十歳すぎても親元から離れないなんて、甘ったれるのもいいかげんにしろ、と私はブリブリ怒っていたのだが、さすがに彼も自覚したらしいのである。私が、よかった、よかったと、喜んでいるというのに、ひとりガックリと肩を落としているのが、我が母であった。理由をきいても、ぶつぶつと口ごもっているばかりだったのだが、しつこくしつこくきいた結果、どうも自分が新しいマンションに、一緒に連れていってもらえなかったのが、ショックだったのだ。

私は、あの豪胆な我が母が、そんなふうな考え方をするなんて、信じられなかった。とにかく私が家を出たとき、母親は砂糖、塩、サラダオイル、しょうゆを大き

な手提げ袋にいれて、

「これを持っていけ」

といっただけであった。引っ越してから一週間、晩御飯のおかずを作って持ってきたことはあったが、そのうち面倒くさくなったらしく、アパートに来なくなった。それ以来、電話では週に一度くらい話すが、バスで約二十分の距離にいながら、会うのは月に一度、あるかないかである。それなのに弟に対しては、

「一緒に連れていってくれない……」

といじけているのだ。もともとじめっとしたタイプならまだしも、母親は、

「私は死ぬまで働くからね！」

ときっぱりいい切るタイプであった。現に今も働いているわけだが、こと問題が弟に関することになると、私に対するのと、リアクションが全く異なるのである。

私のときは家の買いおきを分けただけなのに、弟に対しては、

「少しはまとまったお金でも持たせたほうがいいかしら」

などと真剣に悩んでいた。

「バカじゃないの」

私はあきれかえって、母親にいってやった。たとえば弟が地方から出てきて、東京にアパートを借り、何もかも自分でやりこなして、それでマンションを購入したというのなら、多少のことはしてやってもいいと思うが、学校を卒業してから十年以上も実家にいて、食費しか払わず、深夜、帰ってきたら夜食が準備してあるような中で、金がたまらないほうが不思議ではないか。私は自分が家を出たときに、現物支給だったことも手伝って、

「現金をやるのは、絶対、反対！」

と意見したのだ。

「それもそうよね」

母親もいちおうは反省するのだが、自分が頼られないのが不満なのか、現在の弟の動向を逐一、報告してくる。そのたびに私は、

「あの子だっていい歳なんだから、ほっときなさいよ」

とあきれるのだが、母親にすると、そう簡単に割り切れる問題ではないらしい。

「客観的に考えて、甘すぎると思わないの？」

「思う」

私はこの会話で、彼女も納得したと思ったのだが、また一週間ほどすると、

「やっぱり、かわいそうだ」

などといい出す。そうなると私は電話口で、

「よけいなおせっかいはやくな。自分で全部やらせるのが、あの子のためなんだ」

と怒るハメになるのだ。

たしかに今まで一緒に住んでいた人間がいなくなるのは、淋しいことかもしれない。しかし、うちの事情をまるで見越したように、たくさんののら猫が実家の周辺をうろつき始めたのは、おどろきだった。なかでも、いちばん自分をアピールしているのは、茶色と黒がブチになっている、やせた猫である。母親が台所で洗い物をしていると、猫の大きな鳴き声がする。ふと外を見るとこちらをむいてその猫が鳴いていた。彼女が、

「あら、あんたは初めてね。遊びにきたの」

と声をかけると、ひときわ大きな声でニャーンと鳴いて姿を消した。そしてそれから十五分ほどして、洗い物をすませた彼女が居間にいくと、さっきのブチ猫が、ちゃっかり座布団の上に座って、置き物みたいになっていたのであった。

「こら、入っていいっていわなかったでしょ」

怒るとすごすごと出ていったが、それ以来、ブチは事あるごとに母親の前に現れ、ニャーニャーとつくり声でかわいらしく鳴いて、必死に愛想をふりまくようになったのだ。

朝、居間のカーテンとガラス戸を開けたとたん、ベランダに面した野原から、

「ニャーン」

とものすごく大きな声がする。ふと声のするほうを見ると、例のブチで、まるで、

「奥さん、おはようございます」

と挨拶しているかのようだと母親はいうのである。買い物に行こうと家を出ると、目ざとくブチがすり寄ってきて、ニャーニャーと鳴く。まるで、

「お買い物ですか。気をつけて行ってらっしゃい」

といっているかのようだという。帰ってきたら、ちゃんと前で待っていて、これまた、

「お帰りなさい」

といっているかのように、母親の顔を見上げて鳴くのだそうだ。

「本当に困っちゃうわ。家の中に入れるわけにはいかないし……」

母親は真剣に悩んでいた。しかしのら猫たちの何と要領よく賢いことか。きっと町内の猫の集会で、

「あそこの息子、もうすぐ引っ越すぞ。あとはバァさんひとりだから、押しまくれば何とかなるで」

と結論が出たのだろう。母親の話によると、ブチのほかに愛想をふりまいているのは、あと五匹いるそうだ。どの猫も顔を合わせると小走りに寄ってきて、節度ある態度で挨拶をするという。印象を悪くしたらいけないと気をつかっているのだろう。私は人間の心の隙間に入り込むテクニックを持つ猫たちに、心底感心した。そして弟が出ていったあと、実家の住人がババと猫たちになるのは時間の問題だろうと予測しているのである。

カエルだって鰻だって

ひところ爬虫《はちゆう》類を飼うことがブームになって、それについていろいろな意見が出ていた。

「体臭がないからいい」「姿が恐竜みたいで好き」「鳴かないから都会のマンションにぴったり」という大好き派と、「あんな不気味な毛の生えていないものを、よく飼える」という敬遠派がいて、まさに「蓼《たで》食う虫も好き好き」といった様相を呈していた。

　私が小さかった頃、同級生に鳩好きな男の子がいた。大きな鳩舎まで作ってあって、なかで「おぽおぽ」と無数の鳩が鳴いていたが、私は鳩をどうしてあんなにたくさん飼うのか、わからなかった。しかし世話を一手にひきうけていた彼は、まるで自分が産んだみたいにかわいがり、床に岩石みたいに固まったフンを掃除したり、「チビ、タロウ、元気か」

などと、私から見たら全部同じ顔に見える鳩に声をかけたりする。彼の着ているセーターには、いつも鳩の羽根があちらこちらについていて、体から鳩のにおいが漂ってきたものだった。こんな鳩少年が必ずクラスにひとりはいたような覚えがある。

同じクラスの高慢ちきな金持ちの女の子は、

「うちにはローラーカナリアがいるのよ、スピッツもよ」

と自慢して、私たちを圧倒した。カナリアとスピッツは、金持ちが飼う定番動物であった。私たちはそれを聞いて、ちぇっと舌打ちしながらも、ローラーカナリアが見たくて、ぞろぞろと彼女の家に行ったのだった。

「ほら、これよ」

応接間に置いてある真っ白い鳥カゴを指差して、彼女は胸を張った。黄色とオレンジ色の中間のような、夢みたいな色のカナリアが、釣り鐘のような鳥カゴの中で、「ロロロロロ」と鳴いていた。

「もっといい声でも鳴けるんだよ、ほーら、ジュリーちゃん、歌ってごらん」

彼女は鳥カゴに顔を押し付けて、猫なで声でジュリーちゃんにいった。ジュリーちゃんはそれがわかったのか、さっきよりもまして声を張り上げ、「ピロロロ、ピロロロ」と得意になってさえずり始めたのである。

「すごいでしょ」

彼女はそっくり返った。私たちは内心、面白くなかったが、うんとうなずかざるをえなかった。

「ほら、スピッツもいるよ。リリちゃん、ご挨拶してごらん」

私たちはまた、ちぇっと舌打ちしながら、リリちゃんがこうるさく、キャンキャン鳴くのをじっと聞いていたのであった。

当時、私の家で飼っていたのは、汲み取り便所に落ちて片脳油《へんのうゆ》でくらくらしながらも、無事生還した文鳥のピーコと、羽の色もやたらに地味な、十姉妹のゴンタ、ハルちゃんであった。どちらもローラーカナリアの足元にも及ばない鳴き声しか出さなかった。特に十姉妹のほうは、時折、

「ブイブイ」

などと鳴いたりして、私を暗い気持ちにさせたのである。

カエルに執着しているテルコちゃんという女の子もいた。飼育ケースに入れているのではなく、庭に野放し状態で飼っていたのである。ところがケロちゃんという名のそのカエルが、なかなか冬眠しない。彼女が親に相談すると、両親も、

「ケロちゃんが死んだら大変」

と心配して、庭の隅に枯れ葉をこんもりと盛り上げ、ちょっと穴も掘っておいた。自分でやる気がなさそうなので、マメな彼女のお父さんが、準備万端整えてやったのである。そのせいかどうかわからないが、ケロちゃんはしばらくしてから姿を消した。

「ちゃんと冬眠したのかねえ」

事あるごとにケロちゃんの動向を気にしているうちに、年が明けて春になった。しかしケロちゃんは姿を見せない。冬眠をし損なって、こごえ死んだのではないかと気を揉んでいると、お母さんが縁側の靴脱ぎ石の上にいる、ケロちゃんを発見した。それも子供らしき、小さなカエルを従えていたというのである。今から思えばそれは子供ではなく、伴侶ではないかという気がするのだが、当時は、

「ケロちゃんが子供を連れてきた」

と大騒ぎになった。私たちはその話を聞いて、彼女の家にケロちゃんを見にいったが、別にどうということない、ふつうのカエルだったが、ケロちゃんのことを話すテルコちゃん一家の表情は、まるで赤ん坊に対する態度と同じだったのである。

このように人によって、かわいがる動物はさまざまであるが、今までで一番びっくりしたのが、鰻を溺愛していた人がいたことである。半年ほど前、たまたま雑誌の投稿を読んでいて、目についたのだが、手紙の主は中年の女性で、文面は、

「先日、かわいがっていた、鰻のうなちゃんが死んでしまいました。私たち夫婦はしばらく、ショックで食事も喉をとおりませんでした」

で始まっていた。私は鰻を養殖している人が投稿しているのかと思ったが、そうではなかった。彼らは純粋に愛玩用に飼っていたのである。数年前にもらってきた生きた鰻を、かばやきにして食べるのがしのびなくて、飼い始めたということであった。

「私たちになついて、とてもかわいかったんです。子供同然でした」

ともあったが、鰻が人間になつくという状態が、いまひとつ私にはわからなかっ

た。長い胴をくねらせて媚びるのか、すりすりとすり寄っていくのかわからないが、確かに飼い主には、鰻のうなちゃんが喜んだり、機嫌が悪かったりするのがわかるらしい。

「うなちゃんは私たちと生活をして、楽しかったかどうかわかりません。だけどかばやきにされなかっただけ、よかったのではないかと思うことにしています」

このような文章で投書は結ばれていた。どんな動物を飼っていようと、死んだときは飼い主は悲しい。犬や猫が死ぬと、他の犬猫を見ても涙がじわっと出るように、この夫婦も鰻のかばやきを見たら、うなちゃんのことを思い出して、涙がじわっと出たりするのだろうと、ふと考えたのであった。

追いかけられて

私の知り合いの女性は、学生時代、奈良にある大学の寮で生活していた。もともと出かけて遊びまわるのが好きな性格のため、いつも門限ぎりぎりまで遊んでしまい、最寄り駅から疾走するはめになっていた。授業が終わると急いで着替え、電車で盛り場まで行く。その夜も彼女はディスコの帰りで、ピンク色のやや露出度の高い服を着ていた。こんな服を着ているのが寮母さんにみつかるとまずいし、近所の人の目もあるので、彼女は人通りがほとんどない裏道を、必死に走っていたのであった。時間内に裏の塀を乗り越えて、寮の敷地のなかにはいればこっちのものだから、ただ門限に間に合うようにと、彼女の頭にはそのことしかなかったのである。

暗い夜道を走っていると、背後から人の荒い息づかいが聞こえてきた。彼女ははっとした。今日は派手なピンクの服を着ているので、きっとそれに挑発されたふとどきな男が、彼女を襲おうとあとをついてきたのだと思ったのである。

「このあたりで若い女性っていうと、学校の寮生くらいしかいないし、きっと、ずっと狙っていたんだわ」

試しにふと立ち止まってみると、背後の男も立ち止まる。また走り出すと男も走り出す。彼女は怖いのと時間が気になるのとで、ますますスピードを上げて寮の裏門へと走り出した。ところが背後の男はひるむ気配もなく、相変わらず息をはずませて、くっついてくる。彼女は高校時代に陸上をやっていて、そこいらへんの軟弱な男よりは脚力があると自信を持っていた。しかし男は全くペースを変えず、いつまでもくっついてくるのだった。彼女はパニック状態になっていた。彼女が無事、寮にたどりつくか、背後の男に襲われてしまうか、そのふたつが頭のなかでぐるぐるまわった。力いっぱい走って、やっと裏門が見えてきた。ほっとした彼女は、しつこく追いかけてきた男に、ひとことぶちかましてやろうと思い、キッと後ろを振り返って怒鳴った。

「何をするんですか。やめて下さい！」

しかし相手は黙っている。暗闇のなか、よくよく目をこらしてみると、延々と彼女を追いかけてきたのは、何と奈良公園の鹿であった。彼女のあまりの剣幕にびっくりしたのか、きょとんとした目で彼女を見上げていたが、何もくれないことがわかると、くるっと方向転換して、今、来た道を戻っていったそうである。このときのことを回顧しながら彼女は、

「さすが奈良だと思った」

と未だにいうのだ。

鹿という動物は、どんな悪さをしても、あまり憎めない動物である。子供のころに私は子鹿物語を読んで涙したことがある。少年がかわいがっているかわいい子鹿は、ただ自分の食べたかったものを食べただけなのに、少年の母親に銃で撃ち殺されてしまう。そのとき私は心から子鹿を撃った母親を憎んだものだった。どんなにあやまったって、こういう人は許せないとすら思った。ディズニーのバンビが私は大好きで、子供のころにはいていたスカートのなかでも、母親がバンビをアップリケしてくれたものは、特にお気に入りだった。小学校に入学してからは、バンビの上履き入れも持っていた。あのぱっちりとした黒い目で、こちらをじっと見つめら

れると、

「あんたが何をやっても許しちゃう」

と、ついつい点が甘くなるのである。

私は中学の修学旅行で奈良に行ったが、そのときに遭遇した鹿は、かわいいだけではなかった。バスガイドさんが、

「奈良公園の鹿は礼儀正しいので、おせんべいをもらいたいときは、みなさんの前でちゃんとお辞儀をします。だからお辞儀をしたらおせんべいをあげて下さいね」

といった。たしかにそれは間違いではなかった。しかし私たちの前に立ちはだかったのは、ものすごく大きな鹿で、かわいいというよりもたくましい、バンビのおやじといった感じであった。そして礼儀正しいというよりも、

「お辞儀をしなきゃ、せんべいがもらえない」

と、切羽つまっているみたいで、心をこめているのではなく、ただおざなりにお辞儀をして、まるで、

「はやく、せんべいをくれ」

といわんばかりの態度なのであった。

それでも鹿がお辞儀すると心が動かされ、私たちは、おっかなびっくりではあったが、

「はい、はい、あげますよ」

といいながら、おせんべいをやったり、鹿と一緒に写真を撮ったりした。お辞儀をしているのを無視すると、鹿が怒って無理やりおせんべいをむしりとってしまうこともあった。でも私たちは、

「せんべいをやらなかった、あんたが悪い」

と、鹿に同情的だったのだ。

三年後、弟の修学旅行も奈良だった。お辞儀する鹿は、まだいたかときくと、彼は、

「いやー、あれはすごかった」

と感動していた。彼もバスガイドさんから、礼儀正しい奈良公園の鹿について話を聞かされた。私たちと同じように、みんながお辞儀をする鹿におせんべいをやったり、写真を撮って遊んでいると、あっという間に時間が過ぎてしまった。ところが先生にうながされて、鹿の集まっている場所を立ち去ろうとすると、背後から、

「わあーっ」

という声が聞こえてくる。振り返ると同じクラスの、お調子者で有名な男の子が、左手にせんべいの袋を掲げたまま、血相を変えて逃げてくるではないか。そして彼をものすごい勢いで追いかけてきたのが、お辞儀をしながら走ってくる、鹿の集団だったのである。彼が鹿をからかってせんべいをやらなかったらしいのだが、心からせんべいが欲しかった鹿は、彼を狙って追いかけてきた。ところが「せんべいが欲しい」と「お辞儀」が、訓練されてひとくくりになってしまっている鹿は、彼を必死に追いかけながらも、悲しいかなお辞儀をし続けていたのだ。

鹿は本当にかわいい動物である。姿もかわいいし性格もお茶目である。そのうえ、先日、誘惑に負けて食べた鹿の生肉があまりにおいしかったので、私はますます好きになった。見てよし食べてよしの鹿を、私はこれからもっと好きになりそうである。

運だめし

今から十五年くらい前のことになるが、あるとき私はバス停で、バスが来るのを待っていた。停留所には五、六人が並んでいた。平日の午後ということもあり、お婆さん、幼い子供を連れた若い母親。塾に行くらしい小学生。私の前には同年輩とおぼしき、私の嫌いなタイプの女の子が立っていた。フランス語のテキストをこれ見よがしに抱え、香水の匂いをプンプンさせている。男性が通るとじっと見つめ、自分に視線がむけられると、長い髪をかきあげたりする。何をするにも、いちいちかっこをつけるのだ。次に彼女は横目でジーンズにセーター姿の私を、頭のてっぺんから足の先までじろっと眺めまわしたあと、まるで「何よ、この人の汚い格好」といわんばかりの態度で、つーんと横をむいた。

（嫌な女）

と思いながら、彼女を観察していると、バスが来ないので、いらついたのか、ハンドバッグのなかから、メンソール煙草を取りだして吸い始めた。そしてしばらくすると、足元に落として、ハイヒールでもみ消し、

「あーあ」

と小声でいいながら、また髪をかきあげた。そして次にはバッグからヘア・ブラシを取りだし、周囲に人がいるのもかまわず、鼻唄をうたいながら、長い髪をブラッシングし始めたのである。ブラシにからみついた毛を、むんずとつかんでは、平気でそこいらへんにすてる。まるで自分の家の風呂場にいるような振るまいなのである。私は両方の手でにぎり拳《こぶし》をつくりながら、むかつくこの女を眺めていた。

そのときである。私の耳に「びちっ」という短く、鋭い音が聞こえてきた。そのとたん、「わっ」という声と共に、隣の女がしゃがんだ。思わず声のする方を見ると、彼女の脳天に、見事に鳥のフンが命中していた。鼻唄まじりで髪の毛をきれいにブラッシングした直後に、鳥が脱糞。拍手したくなるような、すばらしいタイミングであった。おまけにバス停にいる、お婆さんでもなく、子供を連れた母親でも

なく、小学生でもなく、ましてやこの私でもなく、この高慢ちきそうな女の脳天に命中したというのは、まるで絵に描いたように、私にとってはうれしい出来事だったのである。

「やだーん」

彼女はそういいながら、あわててハンドバッグから、ティッシュ・ペーパーとコンパクトを出した。必死に髪の毛を拭けば拭くほど、長い髪にフンはどんどん絡みついていき、どろどろのとんでもない状態になっていった。

「本当にもう、なにさ、頭にきちゃう」

彼女はぶつぶついいながら、汚れた脳天を見ようと、コンパクトの鏡の角度を調節しながら、上目づかいでのぞきこんでいた。私は腹のなかで、

（運がいいとか、悪いとかって、こういうことなのね）

と納得していた。何人かが並んでいるなかで、彼女だけが標的になった。もしも彼女が感じの悪い女でなければ、私も手伝ってフン落としに協力するのも、やぶさかではなかったが、全然、手を貸す気にならなかったので、しらんぷりをしていた。あわてふためく彼女の姿を眺めながら、私は溜飲《りゅういん》をさげていたのである。

このように、私は隣にいる人がフン爆弾を落とされることはあっても、この自分が被害を受けることなどなかった。頭上に鳥がたくさんいる下を歩いていても、脳天に脱糞されることはなかった。運のいい女だと自負していたのである。ところがついこの間、私は生まれて初めて、鳥のフン爆弾を受けてしまった。駅前に買い物に行こうと、住宅地を歩いていたら、建て替えをしている家の前にトラックが駐車されていた。狭い通りなので、トラックが道幅のほとんどをふさいでいて、ふと見上げたら、頭上の電線に鳩くらいの大きさの鳥が一羽、とまっていた。

「運の悪い人は、こういうときに、脳天にフンが命中したりするのよね」

とつぶやきながら、何ごともなくトラックの横を通り過ぎ、駅にむかって歩いていった。

それから五分くらいたって、何気なく着ていた革のコートの左袖を見たとたん、私はくらっとした。何とそこには、想像していたよりもずっと量の多い、まるで細かいおがくずを水で練ったような形状の鳥のフンが付着していた。さっき鳥の下を通ったときに、あいつは音もなく脱糞しやがったのである。

「ひえーっ」

私はあわてて人通りのない路地に入り、ポケットからティッシュ・ペーパーを出して、フン爆弾を拭いた。拭いても拭いてもたんまりあった。どうにかこうにかフンを拭き終わった後、むらむらとこみあげてきたのは、情けなさと怒りであった。もちろん、

「どうして、私がこんな目に」

という怒りである。まして私は今まで「運だけはいい女」とみんなにいわれ続けてきた。それなのに新年早々、こんなことになってまるで自分が運の悪い女になってしまったみたいだ。情けなさと怒りがごっちゃになって、気づいたら私は、意味もなく怒りながら道路を走っていたのだった。

たどりついた先は、私の友だちがパートタイムで働いている、駅前のブティックだった。彼女は昨年、脳天に脱糞された経験がある。それも美容院から出て来た直後だった。その話を聞いた私は、おかしさをこらえて、

「そういう目にあうと、ウンがつくっていうから、いいんだってさ」

と口からでまかせをいって、慰めたのだ。でまかせをいったのは私なのに、彼女に私は同じことをいってもらいたかった。これは脱糞された者同士でなければわか

らない、微妙な心理である。やさしい彼女は、

「この間いっていたとおり、きっと運がつくのよ」

と慰めてくれた。脳天よりまだコートの袖でよかった、やっぱり運がいいともいってくれた。私の革のコートの袖には、フンのしみが残ったままである。本当にこれが厄落としになって、運がつくかどうか、私はあのときのことを思い出して静かに怒りながら、この一年の動向を見守ろうとしている。

女ギャンブラー

私の友だち、A子は豊満な腹部とひきしまった胸の持ち主である。彼女は会社の同僚である、B子と男性三人と共に、伊豆の修善寺に遊びに行った。B子は豊満な胸とひきしまった腹を持つ、絵に描いたようなプロポーションのいい女性である。A子はB子と同じように、丸首のカーディガンの前を全部とめて、セーターのようにして着ていた。しかし胸よりも腹が出ている自分の姿を彼女と比較して、ずいぶんシルエットが違うと疑問を感じつつも、それなりに同僚との旅行を楽しんでいたのであった。

彼らは修善寺に行ったついでに、近くにある「イノシシ村」に行ってみた。そこには生まれたばかりとおぼしき、両手のひらにのるくらいに小さくて、眼がぱっちりしている、ウリ坊のウリちゃんがたくさんいて、お母さんイノシシのおっぱいにむしゃぶりついていた。

「かわいいねえ」

しばし、ウリちゃんたちを眺めていたのであるが、何気なく周囲を見渡してみると、イノシシだけでなく、たぬきもいた。たぬきたちは、「ぶんぶく茶釜ショー」に出演のため、待機していた。A子は、

「猿の次郎くんみたいに、人間と丁々発止《ちょうちょうはっし》のやりとりをするのかしら」

と期待していたのだが、ショーの名前はお茶目だが、それはたぬきがするりと茶釜のなかに出たり入ったりするだけの、まことに静かな芸なのであった。

「なるほど」

彼女は納得したものの、いまひとつ満足のいく出し物ではなかった。そんなときに聞こえてきたのは、「イノシシレース開催」のアナウンスであった。彼女はとにかくギャンブルが大好きで、休暇が取れると、マカオのカジノに行って、人にいえないくらい負けて帰ってくる。その直後は、

「もう、やらない」

と、しょげているのであるが、しばらくすると、

「あのときの負けを取り戻す」

といって、またカジノに行く。そこで負ければギャンブルはあきらめるはずなのだが、もともとギャンブル運があるらしく、必ず負けを取り戻すくらいに勝ってしまう。だから彼女は、ギャンブルから足を洗うことはできないのであった。

「ねっ、やろうよ、やろうよ」

彼女はみんなを誘った。

「そうねえ」

B子はそういうことをするのは初めてだったが、まんざらでもなさそうだった。

男性たちは、

「お前も好きだなあ」

といいながらも反対しなかった。そして何の問題もなく、イノシシレースに参加することが決まったのである。

システムは競馬と同じである。パドックには、ゼッケンをつけた八頭のイノシシがいた。ブヒブヒ鳴きながら、そこいらへんの土をほじくりかえしているもの、他

のイノシシを追いかけて尻の匂いをかいでいるもの、ただ、ぼーっと物思いにふけっているものなど、さまざまであった。イノシシたちが走るのは、山あり谷あり、泥沼などの障害ありと、一筋縄ではいかない、全長二百メートルほどのコースである。

「あたし、五番の『イノシシモモエ』にするわ」

A子は複式ではなく、単勝の「イノシシ券」を百円で購入した。

「私もモモエは、やってくれそうな気がするの」

B子もパドックの様子を見て、単勝券を買った。男性たちは、「イノシシセイコ」「イノシシトモカズ」などの券を購入し、一同、かたずをのんでイノシシの出走を待った。

「ゼッケンが、とれたイノシシは失格でえす」

アナウンスが耳に響いた。あのずんぐりした体から、ゼッケンはすぐにはずれそうな気がしてきて、A子たちは胸がどきどきしてきたのだった。

ところがイノシシは、ゲートインすることすら、満足にできなかった。なかにはやる気まんまんで、自らすすんでゲートに入るものもいたが、A子とB子が買った

「イノシシモモエ」は、いつまでたってもブヒブヒ鳴きながら、土をほじくりかえしているだけで、係員のおじさんに無理やりゲートに押し込められる始末だった。

「あーあ」

先を案じて二人がため息をついたとたん、スタートのピストルの音がとどろいた。イノシシ券を購入した観光客からは、

「おーっ」

という歓声があがり、イノシシレースの雰囲気は一気に盛り上がった。

「あらっ」

他のイノシシが、どどーっと疾走していったというのに、「イノシシモモエ」だけは相変わらずブヒブヒいいながら、土をほじくりかえしていた。それを見た係員のおじさんが、あわてて「イノシシモモエ」を追い立ててやると、やっと自分の立場を把握したのか、先に行った七頭の後を追って、走りだしたのだった。

猪突猛進というけれど、A子はまるで俵のような大きなイノシシが、あんなにすごい勢いで走るのを初めて見た。どどどどっと地鳴りがして、山からこんなものが走ってきたら、人が腰を抜かすのも当たり前だと思った。

「いけー」

男性たちの買った「イノシシトモカズ」は、「イノシシセイコ」とトップを争っていた。たかが百円のイノシシ券ではあるが、ギャンブルでは勝たないと気がすまないA子は、鈍《どん》くさい「イノシシモモエ」にいらいらしながら、券を握りしめていた。

「ああっ」

観客の絶叫が聞こえたので、背伸びして前方を見ると、なんとトップの「トモカズ」と「セイコ」が接触して、「セイコ」がこけた。するとそれを見た「モモエ」は、今までのたのたしていたのに、急にターボが全開した。そして山梨学院大学のオツオリ君みたいに、六頭をごぼう抜きし、とうとうトップの「トモカズ」に並んだのである。

「ぎゃー」

A子とB子は半狂乱状態であった。最後の二十メートル、手に汗握るトップ争いだったが、何とゴールの直前に「トモカズ」のゼッケンのひもがぶっち切れてしまい、規定により、鈍くさい「モモエ」が栄えある一等となったのである。

「ばんざーい」

ゴールの瞬間、A子とB子は思わず両手を力強く上げた。そのとたん、

「ぶちっ」

と鈍い音がした。ふと二人は自分たちの着ていた、カーディガンに目をやった。すると、腹部の豊満なA子は腹の部分のボタンが、胸が豊満なB子は乳の部分のボタンが、見事に弾けとんでしまった。男性たちの仰天した目つきを後目に、二人は景品のゼッケンをつけたウリ坊のぬいぐるみをもらって、有頂天になっていた。イノシシレースをとって、気が大きくなっていた彼女たちは、カーディガンの腹や胸の部分がばくばくしていても、そんなこと屁とも思わずに、平気で旅行を続けていた。しかしその事実は、イノシシレースをはずした男性たちによって、

「女ギャンブラー、腹ボタン、乳ボタン、ぶっち切れ事件」

と名付けられ、あっという間に総勢三百人の会社の人々の知るところとなり、彼女たちはしばらくの間、笑い者になったのであった。

あとがき

昼間、近道をするために、風俗関係の店が密集している地区を歩くことがある。ほとんど人通りがないので静かだし、時間の短縮にも役に立つ。多少、ごみが散らばっているのを我慢すれば、まるで映画のセットのなかに迷いこんだみたいで、なかなか楽しいものなのだ。先日も、用事があって急いでいたので、その場所を通った。冬場にしては珍しく暖かい日だったのだが、そこの路地を歩いていると、そこは猫の天下になっていたのである。

銭湯の前には毛色の違う、お友だちらしい老いた猫が二匹、あおむけになって並んで寝ていた。腹にさんさんと陽を浴びて、まるで、

「極楽だねえ」

「本当にそうだねえ」

といっているかのようである。私がぼーっと彼らの姿を眺めていても、全くおかまいなし。ただひたすら日光浴の気持ちいい世界に、ひたりきっているのだった。

キャバレーの前では、赤い布切れを首につけてもらったぶちの猫が、お椀に入れてもらったキャット・フードを、ばりばりとかじっていた。私が通ってもおびえる気配もなく、ただお椀のなかに顔を埋めて、食事に専念していた。ファッション・ヘルスの横では、親子の猫が遊んでいる。子猫が異様に元気で、助走をつけては母猫に何度もとびついたりする。そのたびに座っている母猫は、「いてて」というふうに、顔をしかめるのだが、子猫を怒ることもせずに、長い尻尾をくるくるまわしては、子猫をじゃらしているのであった。

だいたい私は猫の姿を見ると、「こんにちは」と声をかけたくなるのだが、ここにいる猫たちには声をかけられなかった。明らかに私は彼らにとっては、お邪魔な存在だったからだ。きっと夜になったら、彼らは風俗関係のおねえさんたちや、客の男性たちに居場所をとられて、どこか建物のすきまや隅っこで、ひっそりと暮らしているのだろう。いくら動物が好きでも、めったやたらとかまうのは、相手にとっても迷惑なはずだ。私は最近になってやっと、そういう事がわかるようになった。これも動物たちのおかげである。この本を読んで、動物っていいなと思ってもらえたら、これ以上、うれしいことはありません。

単行本　一九九三年二月　文藝春秋刊

＊本書は一九九六年二月に文春文庫より刊行された
『ネコの住所録』の新装版です。

イラスト　きくちちき
デザイン　大久保明子

文春文庫

ネコの住所《じゅうしょ》録《ろく》

定価はカバーに表示してあります

2018年6月10日　新装版第1刷

著　者　群《むれ》　ようこ

発行者　飯窪成幸
発行所　株式会社　文藝春秋

東京都千代田区紀尾井町3-23　〒102-8008
TEL　03・3265・1211㈹
文藝春秋ホームページ　http://www.bunshun.co.jp

落丁、乱丁本は、お手数ですが小社製作部宛お送り下さい。送料小社負担でお取替致します。

印刷製本・凸版印刷

Printed in Japan
ISBN978-4-16-791092-1

文春文庫　最新刊

極悪専用　大沢在昌
舞台は悪人専用高級マンション。ノワール×コメディの快作！

黄金の時　堂場瞬一
一枚の写真から父の意外な過去が明らかに。野球好き必読の感動の物語

つまをめとらば　青山文平
江戸の町に乱れ咲く、男と女の性と業を描いた中篇集。直木賞受賞作

降霊会の夜　浅田次郎
作家の〝私〟は、降霊会で意外な人たちと再会するが―現代怪異譚

人魚ノ肉　木下昌輝
幕末の京都で竜馬、沖田総司らを襲う不吉な最期―奇想の新撰組異聞

懲戒解雇　高杉良
派閥抗争に巻き込まれ会社を追われたサラリーマンの挫折と再起を描く

寝台急行「天の川」殺人事件〈新装版〉十津川警部クラシックス　西村京太郎
殺されたルポライターが遺した乗車ルポを手に十津川は列車に乗るが

赤川次郎クラシックス
幽霊愛好会〈新装版〉　赤川次郎
富豪と結婚した友人の邸宅を訪ねた夕子と宇野。その時衝撃の事件が!?

待ってよ　蜂須賀敬明
有名マジシャンが招かれたのは時がさかしまに流れる街！　清張賞受賞作

リヴィジョンA　未須本有生
航空機メーカーで働く由佳は戦闘機改修開発を提案するがトラブル続出

さよならクリームソーダ　額賀澪
美大合格を機に上京した友親に、優しく接する先輩―瑞々しい青春小説

山本周五郎名品館Ⅲ
寒橋（さむさばし）　沢木耕太郎編
「落ち梅記」「人情裏長屋」「なんの花か薫る」「かあちゃん」等全九編

おいしいものと恋のはなし　田辺聖子
恋と〝おいしいもの〟がギュッとつまった、せつなく甘い恋愛短篇集

ネコの住所録〈新装版〉　群ようこ
態度の大きな猫・痴漢に間違われた鹿…抱腹絶倒の動物エッセイ！

宿命　習近平闘争秘史　峯村健司
地方政治家から国家主席に上り詰め、闘う宿命を背負った男の真実

街場の憂国論　内田樹
壊れゆく国民国家、自民党改憲案の危うさ―この国はどうなるのか

生命の星の条件を探る　阿部豊
生命が存在する惑星は地球以外にもある―科学ジャーナリスト大賞

六〇年安保　センチメンタル・ジャーニー〈学藝ライブラリー〉　西部邁
学生時代、安保闘争で戦った日々を「戦友」たちの記憶と共に振り返る